家宝

家宝

ズウミーラ・ヒベイロ・タヴァーリス
武田千香訳

水声社

本書は、武田千香の編集による
〈ブラジル現代文学コレクション〉の
一冊として刊行された。

目次

マリア・ブラウリア・ムニョスは、イタイン・ビビ[*]にある自宅マンションの九階で昼食のために身支度をする。食卓には彼女と甥、二人分の食事。小さな円卓をおおうテーブル

* サンパウロ市西部にある地区。一九六〇—七〇年代までは家事労働者や運転手、野菜栽培者、小商人が多く居住する地域だったが、その後、商業が盛んになり地区は大きく成長して、現在は比較的裕福な街となっている。（訳者による注。以下、傍注はすべて同じ。）

クロスは白いダマスク織で、中央にはやはり円く小さな鏡の湖が広がる。鏡の表面で羽を休めているのはムラノ・ガラスの白鳥。

マリア・ブラウリア――確とした老境にありながら歳は明かされず、しっかりとした機敏な動作でパンパンと自分の顔を叩き、そこに第二の顔、すなわち「社会」の顔を装着する。バラ色と象牙色のあいだの色の肌に、バラ色を帯びた口と頬。マスカラをつけた睫が瞳の青を鮮やかに際立たせ、髪の染まった黄色をいっそう引き立たてる。社会の顔がいま一度演出されると、毎朝のことだが、私用に厳しく限定されたもうひとつの顔は後退して、ただちに持ち主に忘れ去られる。第三者の目にほとんど触れることのない顔が、しなびた肉体と同じ慎みを獲得する。するとそれを、これ以上自然なことはこの世にないと言わんばかりに（といっても実際はそのとおりなのだが）白日に晒して首の上に据え、他者に披露することは、相手がどんな身内でも、たとえ甥であっても、このうえなく許しがたい絶対的な破廉恥行為のように思えてくる。

遠く下のエントランスでは甥が受付の若い男に頼む、これからジュリアフォン・ムニョスが上がっていくので、九十一号室に知らせてほしい。甥は、おばのかいがいしい秘書で、その職はこの数年をかけてじわじわと手に入れたものだ。

品数こそ少ないが、高級で上質の昼食が終わると、家の古参のメイドのマリア・プレッタが、いつものようにそれぞれの前に、香《かぐわ》しい少量の水に一片《ひとひら》のバラの花弁が浮かぶガラスの小鉢を置く。双方が手前のフィンガーボールの水に指先をくぐらせると、マリア・ブラウリア、マリア・プレッタ、かいがいしい秘書のジュリアフォンの三人がさり気なく目を合わせ、彼らが共有するなにか愉しい大きな秘密を視線で確認しあう。マリア・プレッタはマリア・ブラウリアより十五歳ほど下に見え、その伸ばされた縮れ毛はすっかり白髪混じりだ。金縁の眼鏡にグレーのストライプの制服を着用し、白いエプロンをつけている。ジュリアフォンは髪を短く刈った褐色男性《モレーノ》で、三十過ぎにしては肉づきがよい。カジュアルなシャツに白いブレザーを着ている。

おばと甥は立ち上がり、コーヒーを飲むために、植物が華やぎを添えるベランダへ行く。うららかな日和、そこならマリア・プレッタの耳には届かない。マリア・プレッタは慎み深いが、耳が聞こえないわけではない。そしてマンションは小さい。マリア・プレッタはまるで家族同然だ。いくつかの状況では、まさにその字義どおり、マリア・プレッタはまるで家族同然だ。それ以外ではマリア・プレッタは家族同然ではなく、家族でない以上、単に「同然」だということ。今日はそのいくつかの状況のひとつだ。というのもこれから二人は、マリア・ブラウリアには関心があっても、マリア・プレッタには遠くうつるかもしれない話、相当の開きがあることをいろいろ話すほか、宝石の話をするからで、より厳密に言えば、亡きムニョス判事からマリア・ブラウリアへ贈られた婚約記念のプレゼント、かの名高きピジョン・ブラッドのルビーのことを話すからなのだ。

おばと甥は、キッチンのドアが閉められるのを待つ。ベランダ周辺の空気が、優美な金襴のように震える。音が停止し、ひび割れひとつないエナメルのような青い空に、たなびく一筋の雲。ああ、秋の五月晴れ！　マリア・ブラウリアは金色に染まる空気を深く吸い込む。本物を超過することなく完璧に装われた夏。

「それで……」と甥はおばに告げる。やや不安げな声。「まさかね……。大きなショックを受けられることはわかっています、おばさま、ぼくもこんな知らせを持って来たくはなかったのですが、よくもこれだけのあいだ一度も……一度も鑑定されなかったとは……」

マリア・ブラウリアは助け舟を出さない。黙ったまま、すらりとした手の、バロック真珠のような形の青白い節々をした指が、銀とくじゃく石のピンで留められたモスグリーンのスカーフのうえで戯れ、左右対称になるようにブラジャーで整えられた両胸は（それはある女友達がパリの高齢者向けの衣料品専門店で買ってきてくれたものだった）、天然シルクのブラウスの下でほとんど存在を感じさせない。

「おばさま、ルビーは偽物です！」

マリア・ブラウリアは、手でしっかりと肘掛を握る。「まさか！　正真正銘のピジョン・

ブラッドよ。あなたの鑑定士は……」

「業界一ですよ。おばさま、この会社です、見てください」

「……クズ同然の嘘つきよ！　詐欺よ！」

「でも、おばさま、詐欺なわけがないでしょう、だってニセモノだって言っている人ですよ……。業界一ですよ……」

「ニセモノの鑑定士よ！」

「おばさま……」

「私は、自分で何を言っているか、わかっています。もう一度そこに行って、今日中にその業界一とやらに言っておやりなさい、あなたは単なるニセモノだって。私がそう言うんだから。じゃぁ、なあに、これだけの宝石の経験がある私が気づかなかったとでも言うの。生まれてこの方、一度もルビーを見たことがなかったと？　こんなに澄み切った赤に、かすかな青み！　この赤の内部で燃えあがる青みがかった炎を、どこのイミテーションが再現できるというの？　正真正銘のルビー、二カラット近くもある正真正銘のピジョン・ブラッド、アンティーク風の加工、セイロンのラトナプラ産、ス、ス、スリランカ産よ！　この指輪をあなたにあげたときにも言ったとおり。値段はつけられないのよ！」

マリア・ブラウリア・ムニョスは深くショックを受けているにちがいない、と甥は推測する。あまりにショックが大きいのか、声はいっさいの抑揚を失い、まるで骨までを抜かれてホルマリン漬けにされたかのようだ。恐ろしいまでに平板な声。（言っていることはまるでなにかを読んでいるようで、ぼくがこれまで反抗したときに見せた怒りがいまはうかがえない）、ジュリアォンは考え続けながらはらはらする。（この齢《とし》になると、すべてが危険だ。これは悪い前兆かもしれない。ここはじっくりといこう……相当にじっくりと）。

「おばさま、まずは落ち着いてください。とにかく落ち着いて」

「動揺しているように見えて？」

「いえ、ぜんぜんそうは見えません。おばさまの自己統制力には脱帽です」

「あなたの世代に帽子のなにがわかる？　生まれてから帽子なんてかぶったこと、ある？　もしかぶっていたら、頭の真ん中がそんな風に明るくなることもなかったんじゃない？」

ちょうどタイル張りの床から鑑定証書を拾い上げようと身をかがめていたジュリアォンは、驚いてむっとして身を起こした。髪を短く刈っていたので、だれかに気づかれるとは想像もしていなかったのだ。

「さあ、さあ、私は落ち着いているわ。ほかにまだなにか私のピジョン・ブラッドのことで言っておくことはある？」

ジュリアォンは黙りこむ。

「ジュリアォン、さあ、早く、こうなったらとことんつきあうわよ。どこまでばかばかしい話なのか見てみたいわ」

「わかりました。でも、それならブラウおばさま、私がすべてを話し終えるまで待っていてくださいね。まず彼は石を見るなり……」

「宝石でしょ。宝石を石と呼ぶなんて、どこが宝石屋なの？」

「ぼくがそう呼んでいるだけで、宝石屋じゃありません。おばさま、これでは永遠に話を終わらせてもらえませんね」

「はい、はい」

「彼は、指輪を手に取るなり見て言いました。まず申しあげておきますが、この赤はピジョン・ブラッドではまったくありません」

「あら、ちがったの？」

「そうです、おばさま、その特徴が見当たらない、と。彼はきっぱりと言い切りました」

「そんな傲慢な態度で、でたらめを言ってのける、その彼とやらのお名前、教えていただけません？」

「おばさま、一度も隠したことないじゃないですか！　昨日も電話で言いましたし、この紙にも書いてあります。ベネジット・モレイラ・ザンニ、エム・ゼ宝飾のオーナーの一人です。彼を知らない人はブラジルにはいませんよ。彼の宝石のコレクションの写真がしょっちゅう国内の優良雑誌に載ってますよ、たとえば『エン・ジアア』とか『窓』とか『エスポ』とか」

マリア・ブラウリア・ムニョスは外を見ている。遠くや近くのビルの窓枠や縁取りや手すりに託された、五月の柔らかな金色の産毛に目をやる。なにも言わない。マリア・プレッタがその瞬間にキッチンのドアを開け、応接間を横切り、コーヒーのトレイを下げにベランダに入ってくる。正確なタイミングで入ってくる。なにかの兆候を待っていたかのようで、おそらくはその沈黙の数分が、登場するための徴だ。まるで舞台演劇。マリア・ブラウリアがムニョスがいたころによく観た音楽軽喜劇では、こちらからの退場を待って、あちらから可愛らしいメイドが登場した。奥方が奥に引っこむなり旦那がそこで、まさにその場で小女にキスをする。舞台の右端ではだれかが口を開けて歌いだし、左端では……、左端では、ああ。幕が開いたまま、照明を浴びて金色いっぱいに染まる舞台は、まさにこれらのビルの上にあふれんばかりに降り注ぐ五月。金色の消しゴムがそれらの舞台で起こったことを少しずつ消し去り、きらきらと輝く光だけが、植物のあやどるベランダの宙に残される。たとえマリア・プレッタがドアの後ろで耳を澄ましていたとしても、それは入るタイミングを見計らっていたからだけではなく、とはいえドアを閉めれば、ベランダで話されていることの意味がキッチンでは理解できないことを、マリア・ブラウリアは知っている。よほど二人が怒鳴らない限りは。怒鳴ってはない。マリア・ブラウリアは、遠ざかるメイドの、自分と同じくらいにまっすぐ伸びた背筋を観察しながらかすかな疑念を抱いた、まるで箒のようにドアの後ろに寄りかかるマリア・プレッタ。まさか。

ジュリアォンは、いらいらして続ける――ザンニはまったく驚きませんでした。家宝ではよくあることなんだそうです。宝石の加工はいいし、よくできたイミテーションです、専門家じゃないと……。ブラウおばさま、彼はたいへん客観的でした。模造宝石についてもたくさん教えてもらいましたが、とくにルビーになると事は厄介だそうです。合成ルビーのほかに、屑ルビーを再結晶化させて作った石や、張り合わせ石の話もしてくれました。二枚張り合わせればダブレット、三枚張り合わせればトリプレット。

「へえ。張り合わせ石？　それ、どんなものなの？」

（声の張り！）ジュリアォンは注意しながら続ける（ない、まったくない！）――一部が合成ルビーで、その上にガーネットの薄い層を重ねて、真ん中に色のついたセメントを入れる。すると宝石のデザインがセメントを隠してしまう。あるいは水晶とガラスとか、ガラスとトパーズと水晶とか、上が合成ルビーで、下がガラスか水晶というのもあるんだそうです。それ以外にも、高価な石ではあるけどルビーではなく、だけど昔はルビーで通っていたというものもあって、たとえばスピネルがそうだと彼は言っていました、イギリス王室ですら騙されたことがあったというのですから、当然ムニョスおじさまだって、おばさまに偽物をあげたなんてわからなかったはずで、スピネルがいい例です、王室までがそのありさまですから、もちろんおじさまに他意はなく、善意であげたんですよ」

「ムニョスの名誉は私が心配するから、あなたは、その話を全部きちんと説明することに専念すればいいの」

（それにしてもなぜ彼女はそんな骨抜きの声で話し続けるのか。まるで教皇の声だ）秘書にして甥のジュリアォンはどんどん追いこまれ、まさに張り合わせ石、一人二役で、甥としても苦しく、秘書としても苦しい。（相当に動揺しているはずだ、石のことも、おじさまのことも）、とやはり張り合わせた結論へと導いていく――「とにかく、おばさま、イミテーションはよくできているんですよ。よくできているってザンニも認めていました」

「ああ、そう？　で、上と真ん中と下には何があったの？」

ジュリアォン・ムニョスは落ち着きを装うために伸びをし、頭のてっぺんで手を組む。ちょうどほとんど目立たないが明るくなっている部分だ。「おばさま、まさにそこなんですよ、ザンニは、すべての検査をする必要もなく、どんどん話してくれました。ブラウおばさま、なんとダブレットやトリプレットですらなく、ガラスなんだそうです、ただのガラス、でもいいガラスで、いいイミテーションに使われるフリントというものだとか。でも、ガラスはガラス、ガラスのルビーなんですよ！　それだけ。ザンニはかなり長いあいだ何分も首を振って呟いていました、ピジョン・ブラッド、ピジョン・ブラッドねえ。なにか我々に対して申し訳なさそうでした。もしおばさまがお望みなら、ほかの宝石屋に持っていきますよ、ほかの鑑定士とか金細工屋とか……」

「その必要はないでしょう」

マリア・ブラウリア・ムニョスは優雅に立ち上がり、さりげなくひじで軽く宙を打つようなしぐさをして、甥の申し出を断わった。

「その指輪、こっちにちょうだい」

秘書兼甥のジュリアォンは、慌ててポケットから小箱を取り出す。おばは箱を開け、指輪をつまみあげて左手の薬指にはめ、手を少し遠ざけると、宙に優美なアラベスク模様を描くように動かし、目を細めながらそれを眺める。

「これを愛でるのに一番いい時間ではないけれど、それでも……見て、この美しさ！　ルビーは、人工的な光だと、いちだんと美しくなる宝石なの。知ってた？　たとえばサファイアだと、それは起こらないのよ」

（まるで愛する人の死を受け入れられない人のような振る舞い方。まるでその人がまだ元気でぴんぴんしているかのように話し続ける）――ジュリアォンは考える。（ここは彼女が現実を受け容れられるようにじっくりといかなくては！）

「さあ、そろそろお昼寝の時間だわ。失礼させてね……」

「でも、おばさま、その先の話は？　ルビーのことだけで、まだその先は話していませんよ」

「なにか緊急のことでも？」

「はい、緊急です。まさに緊急です……」

「じゃあ、来週にしましょう。来週、来てちょうだい。また偏頭痛の持病が始まりそうなの。指輪は金庫に戻しておくわ。当面そこにしまっておきましょう」

ジュリアォンは、あまりに唐突な面会の終わり方に動揺する。がっくりと肩を落とす。口を開けるが、ためらう。おばの偏頭痛は株価よりも怖い。手をベランダの手すりに滑らせ、下方に目をやり、イタイン・ビビの商業や、その界隈を往き来する小商人や大商人に思いを馳せる。物は売れるか売れないか、すべては単純で、それはマンション一室でもいいし、ビル一棟丸ごとでもいいし、カーテンだけや、パフ、栗、ネル、鍋、コンピューター、歯間ブラシ、挿絵入りの聖書、それから挿絵もなにもないふつうの聖書、あるいは、それとは逆に、まったく逆に聖書の人物なんてまったくない挿絵だけでもよい。ここの商売は知りつくしている。売れないものなど何がある！　何が何を構うというのだ？　大でも小でもお構いなし、すべてがあまりに単純で、あまりに明快で、あまりに……。

「おばさま、ブラウおばさま！」最後にジュリアォンは、おそるおそる切り出す。「もしかしたらサファイアのほうは……」

「ああ、もういいわ、ごめんなさいね。まずはルビー、次はサファイア。その次は真珠、トルマリン、しまいにはすべてがくず石の山というわけ？　ムニョスが亡くなって、ダイヤモンドを手放さなければならなかったとき、それは泣いたわ。いま思えば、運がよかったのね。だめよ。当分のあいだはこのままにしておきましょう。急ぐことはないわ」

二人はベランダを後にし、五月が満ち溢れる黄色に背を向けるが、秋はその小さく暑い、偽りの夏の中に潜み、もうあと数日もすれば、その中心にある青味がかった閃光が太陽の赤を翳らせる。

もう話を戻す理由はない。ジュリアォンはほんのわずかのあいだ、居間の真ん中で黙って佇む。手を差し伸べ、身をわずかにかがめておばの顔に接吻をする。何だかんだ言っても模範的な秘書兼甥なのだ。タイミングが悪いと思ったら無理はしない。あのピジョン・ブラッドめ、こんちきしょう、あのくそピジョン・ブラッドのせいで、すべてが台無しだ。なぜよりによってあれから始めたんだ。何カ月も粘り、さんざんの苦労の末にやっと認めてくれたのに——やっと先週おばが自分の宝石のすべてを少しずつ鑑定に出すことに同意してくれたのだ。あなたの言うとおりね、彼女は言った。まったくそのとおりよ、どのくらいの価値があるのかを正確に知っておいたほうがいいわ、いつなんどき必要になるかわからないし（ブラウおばさま、そんなことは絶対にないことを願っています）、いつか宝石をお金に換える必要が出たときに、慌てないように。そう、たしかにそう、まったくあなたの言うとおり。そしてついにおばがほとんど別れ際に、思いがけずこう言ってくれたときは、ものすごく深く感動したものだ。私のピジョン・ブラッドから始めましょうか。私が持っている中で一番高価だと思うの。本当にちゃんと鑑定してちょうだい、いい？それからこれから私が言うこと、舞い上がらないで聞いてほしいのだけど、私のところでのお務めが満五年を迎えたとき（あと一年ですね、おばさま）、その宝石はあなたのもの（おばさま）。もしあなたがあまりにおばかさんで、それを売るなら（そんなこと絶対にしませんよ、おばさま）、まあ、それはそれでいいわ。だってあなたのものになるって言っているわけだものね？　あなたはムニョスのたった一人の甥っ子じゃない？　できるだけ高く売って、好きなだけ投資すればいいけれど、でも私にとって、その類のルビーは値段がつけられないわ！（おばさま）。とっさに彼はソファから立ち上がり、背中を丸めて両手を前に差し出し、もしその姿を居間のどこかから見ている人がいたら、だれもが（唯一の例外は、マリア・ブラウリアだ。彼女はすでに心眼のまぶたを開け、こっち側にある彼女の瞑想の暗い一室内でうごめくものしか見えていなかったから）いまにもおばの足元に跪くと確信したことだろう。だが、実際はおばの手をとり、それをゆっくりと自分の手の中で握り締めただけだった。そのあいだじゅう彼の背中は、打ち震えながら宙に据えられ、敬服の均衡の姿勢をとっていた。その後、慣例のコーヒータイムが終わると、会話が復活した。——だめ、そんな値上げを求めても無理よ。厚かましさもほどほどにしなさい。もう宝石を約束したでしょ？　わかってる、わかってるわよ、苦しいんでしょ。いつものように家賃の一部を取り分としてとればいいし、いくらかなら前払いしてもいいわ。「いつものように」って言ってるのに、どうやって取り分を上げろというの？　九月には上げてあげるわ。そんなに余分なお金が必要なら、パライーゾ*にあるあの私の一番いい家から、あの泣きべそ夫婦を追い出して、いい値段で貸したらどう？　そうしたらお礼として、家賃の最初の二カ月分をまるまるあげるわ（ブラウおばさま、借地借家法ってものがあります）。そんなの知りたくもないわ。いい弁護士とは、いい洗濯屋のようなものだって、ムニョスはいつも言ってたわ。どんな法律でも、自分の旗色で塗るのよ！　弁護士の勉強でもしたらどう？（でも、ぼくはコミュニケーション学科卒業ですよ、おばさま）でも使ってないわ、使ってないじゃない！（おばさまの専属になるために仕事を辞めたんですよ）弁護士になってたら、またちがっていたわ（考えてみます、ブラウおばさま）。あなたはいつもそう言う。本当に考えなさい。考えるのよ。

　そんな展開だったから、彼は玄関に向かう前に、まだしばらくそこに立ち尽くしていた。叱られた言葉を思い出すと、やはりそのまま、もう一度マリア・ブラウリアの前に立つ。うつむいたまま、眉を上げる。それなりの服従の雰囲気を伝えようと精いっぱい努めながら（礼儀をわきまえ、ある程度毅然としていられるのは、長いあいだおばの願望に合わせた対応をとってきた習慣の結果だろう）、その端々には活力みなぎる熟慮がにじんでいた（これがあるから彼はいつも、自分のビジネスにとって最善策を見いだせるよう常に自発的かつ革新的な行動につなげられるのだ）。だが、それにどれだけの効果があったかは、いくぶん疑問が残る。というのも、おばの前に出たとたん、そこに現われるのは、毛が少し薄くなったのっそりとした大きなクマだからだ。しかも人間のあいだを渡り歩いてきたせいか、あるいは一度も帽子をかぶったことがないせいか、ものすごくぐったりとしている。その女性は、聖人の出現とはまるで違い、啓示の言葉（でもなんでもいいが）も

＊　サンパウロ市南部に位置する高級住宅地区で、金融機関や文化施設が並ぶパウリスタ大通りに面し、周辺は世界の有名企業や銀行や領事館、高級ホテルなどがある南米最大のビジネス街がある。一八九六年に開通したパウリスタ大通りには、かつてコーヒー産業の成功者「コーヒー男爵」の邸宅が建ち並んだ。

かけず、実はその沈黙の謎を解く鍵こそがその正体にあったのだが、彼はその奥にあるものが何か、まったく疑問に思ったこともなかった。

とうとうジュリアォン・ムニョスはエレベータを呼び、すぐに陸地、イタイン・ビビの大地に降り立つ。彼と九十一号室のあいだには九階分の距離。あのはるかに高いところの宙に麻痺状態で浮く小さな円卓からも遠い。その中央にあるムラノ・ガラスからも。それはマリア・ブラウリアとムニョスが生きた何十年という濃密な時間をかき分け、その凛とした姿をぴかぴかの鏡の湖面に映しながら、あまりに素速く滑っていくが、その場所を動く気配は一向にない。遠いのは、臨機応変に上目遣いと上からの目線を使い分けるマリア・プレッタも同じ。だから彼女の顔はなかなか記憶に残らず、ムニョス家のアルバムの写真ですら、それをしかと捉えるのは難しい。寸描というか、ジグザグというか。瞳の虹彩が上下に移動するばかりか、左右にも頻繁にころころと動き、目じりはまるで灰色のねずみのしっぽのよう。そしてドロン、と消える。いったいどこへ？　またまるで金のボールのように小さなベランダに身を預ける太陽も遠く、この下界ではもう午後が商店街の入り口で暮色に染まり、街角は冷気の行路の辻と化している。

ジュレーマがこの後、彼と会い、今日のうちにやはりベントも彼と会って、サラミをつまみに生ビールを飲むことだろう。すべてを思い返しても、その日に彼がやったことの中でもっとも具体的なのが食べること。ベントはきっと、今日の成り行きを聞いて、いつものようにテーブルを叩くだろうが、ジュレーマが理解を示し、言ってくれるはず、大丈夫、あなたが思っている以上に早くビデオポーカー店の開業資金は手に入るわ。夜はジュレーマをまともに抱くことができず、本当ならば愛の囁きだけが生き残るはずの時間に、彼は消化の話を出す羽目になり、それはおばと闇商売の電子ゲーム（というやむを得ない組み合わせ）に勝るとも劣らないほどちぐはぐな取り合わせだが、ジュレーマがそこでも理解を示す。それを思い出すから、彼はまた九十一号室へとでかけていく。ジュレーマの汲めども尽きぬ理解から、マリア・ブラウリアとその偏頭痛に同情できるだけの心の力を引き出すのだった。いまごろどうしているだろう?

驚いたことに元気だ。しかもものすごく。部屋のブラインドを下ろし、横になっている。静かに息をしているが眠ってまではいない。社会の顔はしっかりと天然の顔に装着され、じっと仰向けの姿勢を保って枕カバーを頬の鮮やかな色調で汚さないよう配慮しているもののその必要もなく、なぜなら彼女は市場に出回る最高級の化粧品を使っているからで、そのあまりに明るく、あまりに春色に満ちた（水にぬれても風が吹いても、布やスポンジはもちろんのこと軽石でこすられても平気な）第二の顔は、持ち主が自ら望んで香《かぐわ》しい乳液で取り除くまで外されることはない。

マリア・ブラウリアの嘘は、ほかのどんな嘘の名人やベテランのものと同様、たいがいは単一の部品から成ってはいなく、さまざまな要素を含み、その多くが真実で、その点を見れば、偽物のルビーや、ダブレットやトリプレットの構造をした半偽物と類似性がある。たとえばマリア・ブラウリアの持病の偏頭痛は、発作が起こりそうな予兆があるからといって、必ずしも本物とは限らない。もしかしたら本物の予兆や慢性的に起こる不調や軽い悪心などが、ありもしない偏頭痛とむすびついているだけなのかもしれない。あるいは、詳細な説明を聞いていつも甥が驚くような症状、たとえば頭の片方だけが針で突き刺されるようだとか、目の周りを光った蝿がぶんぶん飛んでいるとか、左の眼球に圧迫感がある、まるで見えない指がそれを完全に眼孔に押し込もうとしているかのようだなどと説明してみても——実はそれが指しているのはもう薬で抑えられた軽い片頭痛で、そんな特徴はまったくその発症過程のどこにも現われていなかったかもしれないのだ。

こうした技法はすべて、間違いなく判事である夫と何年にもわたり共に生活するうちに〝伝染〟し、彼女が少しずつ身につけていったもの、かなり年上で、いつだってその分野の達人だった。

いつぞやは結婚からだいぶたったころ、夫が自宅で仕事をしていた日に、書斎のドアを開けると、私設秘書といっしょにいかがわしいペアのリズム体操のようなものに興じているところに出くわしたことがあった。彼女の存在に気づいて二人はただちに離れた。その時間の書斎は薄暗く（読書灯がついていなかったが、そういうことは陽が短く暗い冬場によくあったし、ときには判事の休憩のためであったり、また電気は日が完全に暮れてからでないと使わないと頑固に言い張ることもしょっちゅうだった）、いったい自分が目撃したものは何だったのかと、彼女は午後中考えこんだ。夜、夕食をとりながらムニョスが事もなげに説明したのは、せっかく秘書が理学療法士なのだし、自分、すなわち判事は、ふだんからあまりに座りっぱなしで、あまりに責任が重く、あまりに強い精神的な緊張を強いられているから、定期的なストレス解消と血行改善の体操がとくに必要だというのだった。時間とともに彼女は、そのときのことや、それ以降たびたび目にすることになる（あるいは憶測することになる）奇妙な光景の意味を少しずつ理解するようになっていった。とはいえ、大したことではなく、せいぜい判事の首筋に向けられた秘書の異常な関心や、そこに置かれた手がときどきゆっくりと指先で凝った部位をまさぐるとか、脚同士がテーブルの下で相手の管轄領域へ侵入するといった些細なことだった。それでも長いあいだそれらすべてに対する疑問は残ったが、それは嘘をつかれる側も、嘘をでっちあげる側と同じくらいに自分に対しても嘘をつき、自分の身を真実が持つ破滅的な作用から守り、自分自身に定期的に一抹の幻想を吹き込むからだ。それに夫の秘書は、実際にその後優秀な理学療法士になった（つまり夫は嘘をついてはい、な、か、っ、たわけだ）。当時のサンパウロでひじょうに有名なドイツ系の整形外科医のクリニックで訓練を受け、後にムニョス判事に感化されて弁護士の勉強をし、法曹界に転向するまで、それが彼の本業となった。

だがこの手の貴重な教えをマリア・ブラウリアがムニョス判事から受けたのは、まだ彼女が彼のもとで人生修行の初歩を学んでいるころのこと、とはいえ、その〝本当の〟意味を悟ったのはそれからずっと先になってからだった。

婚約の日、ムニョス判事はポケットから小さな箱を取り出し（つい先ほどジュリアォンがポケットから取り出したのと同じものだ）、マリア・ブラウリアの大きく見開かれた目の前で、正真正銘のピジョン・ブラッドを彼女の指にはめた。アンティーク風に加工された、セイロンのラトナプラ地方産のルビー、大きなルビーがダイヤモンドより希少であることを考えれば、かなりの大粒だ。そうしたことすべてをムニョス判事はやさしく、しかし淡々と（とはいえ正確を期することを忘れずに）説明し、婚約者の手をまるで団扇のように何度も上げたり下げたりしながら、いろいろな角度やいろいろな光の具合のもとで試した。そしていわく、その指輪は、年代物のお墨付きの宝石しか扱わないあるスペイン人の宝石商から手に入れたのだが、残念ながらその商人は家族の暮らすアメリカへ引き揚げてしまった。彼を知る人はあまりいないが、それはブラジルに来るときはいつも私用で立ち寄るだけで、そのあいだもブラジル人とはほとんど接しないからだと言った。ムニョス判事は厳格な人で、暮らしぶりはよいが、金持ちというわけではないため、彼のその行為をマリア・ブラウリアの家族は、そう、こちらのほうは逆に織物産業でゆるぎない財産を築いた大金持ちで、それ以外の宝石、たとえばトルマリン、トパーズ、真珠、二つのダイヤモンドといったものはすべてこちらから来たくらいの家だったが、それを愛の証と受け取ったのだった。マリア・ブラウリアは、すっかり魅了される妹や両親の前で、指にはめた指輪を披露し、それからムニョスを、葉がぎっしりとおおいつくす塀に挟まれた高い鉄の門まで送っていったが、そのときムニョスが、指輪はあとで返すから外してほしいと言ってきた。驚いて、彼女はおそるおそる（判事のことが少し怖かったからだ）あまりに不可解な依頼の理由を訊ねた。すると彼の答えは、高価な宝石の場合、とくに石自体の価値のほかに歴史的な価値もあるときは――まさにスペインの由緒ある家を渡り歩いてきたこのルビーはそのケースで――本物にそっくりのイミテーションを作るのがふつうで、本物は特別な機会にしか身につけない。（それで？　彼女は終始驚嘆と恐怖が入り混じる中で訊いた）。結婚式までは、親戚や友人など広い交友関係のたくさんの会合に出なくてはならないが、君はまだおばかさんだから（と言って、彼女の顎をやさしく撫でた）、明日その指輪そっくりのコピーを渡す。きっと見分けがつかないはずだ。今日にも持ってきたかったのだが、スペイン人の宝石商が知り合いに見せたいといって手許にとどめ置いたんだ、その人の無知につけこんで試してみると言って。でも、どうしてその方のお名前を教えてくださらないの？　どうして連れていらっしゃらないの？　父も母もきっと会いたがるはずよ、二人がどれほどの宝石好きか、貴方もご存知でしょう。だからなんじゃないか、と彼はもう一度やさしく撫でて、笑いながら言い添え、出発直前だから迷惑をかけたら悪いだろと言った。彼女がさらに悲しく思ったのは彼が、それまでいつもその高い塀が作りだす大きな陰で別れたときと同じように、鬱蒼と生い茂る葉陰に吹く夜風よりもはるかに軽い程度の接吻しか顔にしてくれなかったことだ。その夜風には葉を揺らす力もなかったが、それでも彼女の顔は、その陰に包まれて打ち震え、熱くなった（それは悔しさのせいでもあった）。（紳士なのね！——とすぐに思い直し——自分の関心がルビーだけに戻るように神に助けを請うた）。きれい！　きれい！　なんてきれいなの、そこで彼女は何度も叫んだ。ムニョスは最後にこう言った。君のご両親と妹のマリア・アウチーナ以外は、だれも君が指にはめているのが婚約祝いでもらった正真正銘のピジョン・ブラッドでないことを知らなくていい（じゃあ、ヨーロッパへ行くときはどうするの？）。そんな宝石をはめて旅行に出るつもりか？　絶対にだめだ。帰ってきたら銀行から取ってきてあげるから、といっても、とっても、特別な行事だけつければいい。

そうして翌日、ムニョス判事は、同じ小箱をマリア・ブラウリアのところへ持ってきたが、その中に入っていたのは、どこからどう見ても前夜のものと同じ指輪で（ああ、でも、違うのね！）、彼はそれを、やはり前夜の精密なレプリカとなるしぐさで、婚約者の薬指に丁寧にはめた。

そして彼女はもう一度、宝飾技術の進歩にすっかり感心して見入る両親と妹の前を歩いてみせた。両親は、コピーを作る価値があるのは、ひじょうに高価な宝石だけであることを知っていたので、前日の晩にオリジナルを見たときよりもはるかにありがたそうにそのイミテーションを眺めることになった。そのときの父親に至っては、この場合は人間の技も神の技も同じくらいに美しいとまで言った。でも神の業こそが本物ね――と、母親は多少冒涜的な喩えを虞れて言った。こうして結婚式を挙げるとすぐに、マリア・ブラウリアとムニョス判事は新婚旅行にヨーロッパへ旅立ち（これは新婦の両親のプレゼントであった）、パリ行きの大西洋横断船カピタォン・ポローニオ号に乗りこんだ。三カ月後、アルカンタラ号で同じサントス港に戻り、家族全員が埠頭で嬉しそうに手を振って迎えた。しかし旅行中にある小さな事件が起こっていた。偽物のルビーの指輪がスイスで、もっと厳密にいえばローザンヌで紛失していたのだ。ほら、言っただろ？　彼はおどけて言ったものだ（穏やかな口調だったが、それでも彼女は少し縮み上がり、身をすくませた。この小さなかたつむりを見たら、まさかいつかそこから、今日の快活で豪胆な老女が出てくるとは、だれが想像しただろう）。だが、偽物の石ひとつでくよくよ悩むこともなかった。けっきょく指輪はホテルの部屋で盗まれたのか、ほかのどこかに忘れてきたのか、たしかなことはわからなかった。たとえばレマン湖畔の美しい眺めのレストランでマリア・ブラウリアは、ソースの染みを洗うために、ほんの一瞬それをはずしたし、あるいは……。けっきょくそのままムニョス判事はそれを取り戻すためになにもしなかった。家族は改めて彼の慎重さを称えた。ああ、もし旅行に本物の指輪を持って行っていたら、いまごろは……。

　しばらくして、すでにエウジェニオ・ジ・リマ通り*の瀟洒な邸宅に移ってからは、二人だけか、少人数で昼食や夕食をとるときは、小さな居間の、中央に鏡の湖が広がる小さな円卓を囲むのが日課となっていた。湖の中央には、微かにバラ色を帯びたグレーの半透明のムラノ・ガラスの白鳥が浮かび、それはどこか氷のようにひどく冷たいが、光り輝いて熱を帯び（まるでカラフルなアイスクリームか、オーロラのような）、その姿は二人に大きな愉しみを与えた。最後にはいつも指先をペアのフィンガーボールに入った香《かぐわ》しい水の表面にさっとくぐらせる短い共同儀式を行ない、その動作は（実際の衛生上の効果という意味では）自然を装うわざとらしい演技だったが、（その場が求める衛生上の必要性という意味では）真正だった。

生きる！　生きる！　ようやく自分の家に住めることで、どれだけ昂奮したことか！　ほとんど未開拓の、部分的にはまだ違和感や敵意が残る一帯を歩くかのように、彼女は注意深くそろそろと、プレゼントの山のあいだを進む（まだ包みを開けていないものもあった）、置き場所や使用に関する最終的な指示を待つプレゼントたち、日常的に使用するの

＊　パウリスタ大通りに垂直に走っている通りの名前。名前は、ヨーロッパの近代都市に倣ってパウリスタ大通りを設計した技師の名前からとられている。二十世紀中ごろまでは瀟洒な家が建ち並んだ。

か、時たまなだけか、めったに使わないのか、まったく使わないのか。それらの物体の分身がいっせいに各々の生命を獲得し、思い思いに動き回り、彼女の頭の中でぶきみな羽音を立て始めた（おそらくこれが将来の偏頭痛の胚芽だ）。いろいろな形をした、とげのある光り輝くざわめきの森、それらは緊急に飼い馴らされ、導かれ、配備される必要があった。まだ開拓が始まったばかりで、部分的にしか征服されていない地帯の中央にあるのは、いわば心象《イメージ》の幹、そこからはさまざまな心象《イメージ》が流れ出ては戻っていく。そして常に中央にはぴかぴかに磨かれた小さな湖を湛えた円卓（そこに住まうのは、疑いの余地なき威厳を放つ一羽の孤独な鳥で、その横顔は、そこはかとなく朝食後に新聞を読む判事その人を思わせた。垂れることのない頭、堂々と張られた胸、目の高さに掲げられたその日の見出しから見出しに向かって乗り出す、すらりと高い鼻）。彼女とムニョスはその横で幾つもの夜と朝を迎え、完璧な連弾奏者として四本の手で同じ曲を演奏し、ペアのフィンガーボールの波立つ水面から常に更新され続ける魔法を引き出した。それらすべての吸引力があまりに強く、マリア・ブラウリア側に相当の集中力を要求したため、夜になると彼女はぐったりと疲れてベッドに倒れ込み、夜は本物の夜らしく、電気が消され、眠りは深かった。だからあのあまりに暗い夜に実際には何が起こっていたかなど分析するエネルギーは残っていなかった。闇の数時間にあったのはせいぜい引っかき傷（紳士なのね！——まだそんなことをときどき考えて寝返りを打った）。

そのころふたたびルビーが話題に上った。ムニョスは、新しいコピーを作るために銀行から指輪をとってきて、妻といっしょに以前から強く薦められていた宝石店へでかけた。二人は愕然とした。銀行に預けてあった石が偽物だったのだ！　旅行には本物を持っていったことになる！　宝石商のマルセウ・ジ・ソウザ・アルマンド氏いわく、イミテーションとはいえ質はよく、宝石の素人なら本物でとおり、屈折もよく加工技術も完璧だ、だが、詳しい鑑定をすればすぐに紛い物だとわかる。ムニョスが銀行の貸し金庫に預けた際に混同したわけだが、無理もない、彼は宝石の専門家ではなく、判事なのだから！　それにしてもあまりに軽率ではなかったか？　もちろんそう、マリア・ブラウリアは心の中で思った。だが、軽率なのは彼女だって同じこと、いくら頭の中とはいえ、夫のことは責めがたいものがあった（夫はいまも少し怖かった）。そのことを考えれば考えるほど、責任の大半は自分にあるように思えてきた。というのも夫はイミテーションの完璧さじたいに混乱しただけだが、彼女は――いまになればよくわかる！――、本物として十分にとおるとされながら、実はイミテーションとして十分にとおる本物に、背徳的かつ意識的にぞんざいな行動をとったのだから。結果、彼女の指には、まさに彼女が不注意から失くしたと思い込んでいた指輪が戻り、逆に完全に紛失したのは――まるで未来永劫に地平線の向こうに沈み、永遠に閉ざされた夜（これぞローザンヌの愉しい心象を闇で包みこむクレープのカーテン）をもたらす太陽のように――旅行中はずっと銀行の貸金庫の奥で安全に眠っていると、何から判断してもそう思っていたあのもうひとつだったのだ。

しかし、ムニョスは実に寛大だった。自分にも非はある――あまり納得してはいないようだったが――そう言い張った。このことはだれにも告げられなかった。だが新婚旅行に行っているあいだに知人や親戚には、マリア・ブラウリアの婚約指輪のピジョン・ブラッドのルビーがあまりに希少で高価なため、それを守るために宝石のコピーが作られていることが知れ渡っていた。ムニョスは、旅行から帰ってきて、多くの人たちがそれを話題にしているのを知っても、舅たちの口軽ぶりに厭な顔はしなかった。娘がもらった宝石が、どれだけ高価なものかを知り合いに披露したいと思うのは自然の欲求で、イミテーションの存在が何を言うよりいい証拠となることはわかっていたのだ。そのほうがなお都合いい、と判事は悲惨な発覚の晩、妻に言った。その指輪がイミテーションであることは、たとえ裸眼で識別できないとしても、鋭い眼識を持つ人は疑いの目を向けるだろう。彼女が指にはめているものについては常にうやむやにしておいたほうがいい。オリジナルか、イミテーションか？　だが、マリア・ブラウリアは我慢できず、危険がないとみると、妹のマリア・アルチーナや祖母、両親、女友達、そしてただの知人の耳もとでまで囁くのだった。

「今日してるのは〝あっち〟!」――するとだれもが完璧に彼女が何のことを言っているのかを察し、一秒たりとも絶対に外すなとか、明日必ず銀行の貸し金庫に戻したほうがいいと懇願するのだった。

(しかし時間とともに、ムニョスが死に、老いが迫りくると、マリア・ブラウリア・ムニョスは完全にその指輪をするのをやめてしまった。しっかりとしまってあるの、ご心配どうもありがとう――指輪のことを訊かれると決まってそう答えた――じゃあ、コピーの方は? どうしてあのイミテーションのルビーの指輪をしないの? ああ、実はイミテーションの指輪なんて、最初から存在しなかったの! あれは、あまりに希少な宝石を守るためにムニョスが考え出した方法だったの。ひょっとしてこの私が色つきガラスの指輪をしてでかける女だと思って? ああ、面白い!――そうやって歳がたつにつれて「偽物のイミテーション指輪」にまつわる話は完全に忘却の彼方に葬られたが、逆に正真正銘のピジョン・ブラッドのルビーがついた本物の指輪が存在するという話のほうが忘れ去られることは、決してなかった。少しずつそれは、家宝の列伝において伝説の宝石となっていった。)

指輪の取り違えという悲劇の発覚の翌週のこと、その凶報をもたらした宝石商は、ムニョス夫妻から招かれた内輪の夕食で、その一件に関しては完全に内密にしてほしいと改めて依頼され、彼も改めて完全に内密にすると誓った。こうして宝石商のマルセウ・ジ・ソウザ・アルマンドは一家の交友関係に入り込み、そのことが後にマリア・ブラウリア・ムニョスの人生の中で花開くことになる。

マリア・ブラウリアは自分がいったいいつ、正確にどの時点で最終的に知ったのか、正確に言うことはできないだろう。ブラジルのサンパウロの銀行に預けられていた指輪と、彼女といっしょに旅をし、スイスのローザンヌのどこかで盗まれた指輪が、ひとつのルビーになり、しかしルビーでもなんでもなくなったことを(そして銀行の貸し金庫じたいが一度も存在しなかったことを)。それればかりではない。指輪は持っていったり持ってきたりされたが――そしてはめられたり、取り替えられたり、しまわれたり、消えたり、盗まれたりしたが――それは常に同じ手によってされていた。ある日、祭壇の階段をおそるおそる下りる彼女を、転ばないように支えてくれたあの手、すらりと長い貴族風の手、浅黒く柔らかく、青い静脈が浮き出たテラコッタのような手、夫、判事の手。

なぜ？

彼女には訴訟や裁定や判決文のことはまったくわからなかった。書斎の壁を文字通り覆い尽くし、高級なガラス扉に守られた法律書は、彼女に対して常に冷ややかに無言の背表紙を向けていた。それでもぼんやりとではあるが、ムニョスの判事という境遇とそれらすべての醸成とのあいだには、秘密の、しかし必然的な関係があるように思えていた。

おお、神よ！　最終的にはいったいだれが彼女を納得させたのか、それは生《ヴィーダ》、生以外のだれだというのだ。一般的な性質から見ても、個別的な性質からみても（あの秘書兼理学療法士、いつも彼なのだ）。生《ヴィーダ》、人生しかあり得ない。それは、辛抱強く人の好い探偵さながらに、年月を経るとともに、もう一度婚約時代の数々のパーティまでさかのぼるよう彼女に仕向けた。さかのぼり、常にさかのぼってふたたびあのヨーロッパに向けて突き進むカピタォン・ポローニオ号と、ブラジルへ戻ってくるアルカンタラ号が海に刻む深い溝を見るようにと。すると常に繰り返し立ちはだかるのが、あの秘書兼理学療法士の曖昧さと執拗さの入り混じる様相で、そこで彼女は、ゆっくりと繰り広げられるあの血行促進効果のある、軽やかで優美な体操を見させられるのだった（魅せられ、しまいには見学者になっていた）――そしてついにあの石の謎の正体を突き止めるためのカギを与えてくれたのだった。**石の正体は判事の正体。**

だが、なぜ？　いったいなぜ？

またしても生《ヴイーダ》は、もっとも一般的な意味において、またもっとも特異な意味においても（ああ、いつもあの秘書兼理学療法士は家の隅をすり抜けて彼女から逃げる！）、この問題をさまざまな角度から、人一倍の注意力を注いで分析するよう彼女に仕向けた。するとまたもやその呼びかけに応じて、献身的な目撃証人として、すっかり魅了される両親と妹がやってきた。その魅了にあらゆる人の魅了が続いた。親戚、友人、ただの知人、その後からはサンパウロの上流社会がやってきて絶賛した。すると絶賛する社交界で、生《ヴィーダ》は――常に辛抱強く人の好い探偵さながらに、とはいえこの頃にはもうある程度親密に彼女の肘をとりエスコートをするようになって――隅っこでやはり夢中になって絶賛するムニョス判事本人の姿に気づかせた。彼はこの少し前に自力で、サンパウロでもっとも隆盛を極める旧家のひとつとして、サロンに席を確保していた。そして生《ヴィーダ》は、人生はますます自信満々に彼女の肘を押しながら、世渡りに必要なさまざまなバランス感覚を、遠慮なく洗いざらいに見せていった。まずは金銭面。判事の給与は、秘書兼理学療法士の将来のキャリアを形成するためにその多くが注ぎこまれ、相当に寂しくなっていたが、それでも経済的安定を装う必要があった（ここでマリア・ブラウリアは立ち止まり、ほんの少し考察を加えた。いつから？　いつからなの？　きっと結婚するかなり前からなのね？――生《ヴィーダ》は肩をすくめた。貴女はどう思う？-）、社会面。婚約相手は、無数の選択肢の中からたった一つ、爆発的な効果が期待できる人を選ぶ必要があった。職業面。法曹界で確固たる地位を築く必要がある一方で、あまり脚光を浴びるのはよくない（つまり舅が望んでいたような州の最高裁判事や、姑が望んでいたような法学者になるための努力はしない）。尊敬され畏れられるのはよいが、常に名前が引き合いに出されるのはだめ——事情が事情だからね（と生《ヴィーダ》は、いたずらっぽくウインクをした）。要するに判事は人生を歩むにあたり、どれだけの注意を払っても払いすぎることはない、と生《ヴィーダ》は最後に、まるで経験を身ごもり、膨らんだ腹の中にはありとあらゆる種の生《ヴィーダ》を孕み、その中で剣で戦わせている鯨のように解き明かしてみせた。注意とバランス感覚も必要で、それらはとりわけ照明が乏しい書斎で移動するときに求められた。机の角に法曹の腎臓をぶつけて潰してはいけないし、訴訟関連の書類の上で大きな音を立てて転んで、何ページにもわたる厳密な説明書を四方八方に飛ばそうものならたいへんだ。

ヴィーダとの親密の度合いがそこまで深まってくると（もう何年も経っていたのだ）、

さすがにマリア・ブラウリアももう新婚当時のおばかさんではなくなっていった。だからムニョス判事が（ますます事あるごとに、あるいはなくても）判事の裁きはセクンドゥム・アエキターテム、つまり裁きは公正であることに対して抱く思いに照らして実践されるべきだと彼女に言うたびに、彼女はいつもどおり慎ましく頭を下げたが、それは夫が想像していたような敬意の表われではなく、擬装だった。なぜならラテン語は彼女の耳に（妻の向学のために、言ったすぐ後でそのたびに翻訳するようにしていた判事の心遣いにもかかわらず）妙に淫らな響きを帯びていたからだった。というのもこのころにはマリア・ブラウリアの漆黒の夜のカーテンはぱちぱちと音を立てはじめ、たちまち大きな炎となって、何時間もかかって彼女の存在全体に燃え広がり、そこには赤々と勢いよく燃える炎に照らされた宝石商マルセル・ジ・ソウザ・アルマンドの魅惑的な姿がくっきりと浮かび上がるようになっていたからだ。

今夜マリア・ブラウリアは、いつもよりゆっくりとスープを飲む。心静かな満ち足りた憩いのひととき。午睡はひときわ心地よかった。その後、生クリームを添えた桃のコンポートが少し運ばれてくる。これで終わり、純粋な満足の溜息をつく。マリア・プレッタが銀の鐘の音に応える。この日の最後を飾るのは、香《かぐわ》しい水に一片《ひとひら》のバラの花弁が浮かぶフィンガーボールの奉呈セレモニー。マリア・プレッタの目がマリア・ブラウリアの手を追う、松ぼっくり状にすぼめられた指が水面に向かって下ろされ、それに続く何分の一かの時間にすばやく、今度はばらばらっと、一見方向を見失ったかのように引き上げられる。だが、何年も何年も繰り返した指が、次に何をし、どこへ向かえばいいのかを知らないはずがあろうか。まるで調教された二羽の小鳥のように、両手はひとつの動きとなって上昇し、唇を拭うのにじゅうぶんな水を運ぶふりをして、軽くマリア・ブラウリアの顔に触れるが、実際のところ唇はまったくきれいだ。今度はマリア・ブラウリアのほうがマリア・プレッタの手を見守る番で、手はすばやく静かに、脇から、後ろから、周りから伸びたと思ったら、すぐに目の前に下ろされ、テーブルを空にし、ダマスカス織の白麻のクロスをむき出しにする。マリア・ブラウリアとマリア・プレッタの目が合い、互いの手が接近する。マリア・プレッタが、まるでそのときに初めて気づいたかのように、驚きの声を上げる。

「あら！　お珍しい！　タナジューラの美しいルビーをはめてらっしゃるのですか、ブラウ奥さま？」

「何を言っているの、プレッタ？　何度言ったらわかるの？　ラ・ト・ナ・プ・ラ！　スリランカ、セイロンよ。タナジューラは蟻の名前でしょ。オホホ、オホホ」マリア・ブラウリアは甘くおおらかに笑う、本当におかしそうに、頭をあっちからこっちへと振りながら笑う。オホホ、オホホ、オホホ。

「オホホ、オホホ、オホホ」マリア・プレッタも同じように、頭をあっちからこっちへと振りながら笑う。あたかもその間違いが彼女だけのものではなく二人のもののように、まるでどちらにとっても同じくらいに貴重で、同じくらいに寛容な心持で話題にし、いっしょに管理する神秘的な第三者のように。顔と顔を寄せ合い、両者とも視線をマリア・ブラウリアの指輪にくぎづけにして——お揃いの首輪、絆、思い出の鎖で首をつながれたまま過去へと転がり、そのまま二人は甘いお決まりのおしゃべりにしがみつく。

と突然、マリア・プレッタが笑うのをやめ、しかし笑みは絶やさずに居住まいを正し、テーブルから少し離れ、言葉を呑みこみながらも報告をする。

「ベネジッタが来ているんです」

「ジッタが？　どうしてもっと早く言わなかったの？」

「来たのがちょうど奥さまが食卓につかれてスープを飲みはじめられたばかりのときだったので、ブラウ奥さま。つい先ほどです」

「ジッタにはしばらく会ってないわ！」

「ベネです。ブラウ奥さま、彼女はベネと呼んでほしいと言っています」

「それはいいわね！　いつから？」

「ある男友だちがそう呼び始めて、それが気に入ったらしいんです」

「男友だち？　ボーイフレンド？」

「まっ！　いまはまだそんなこと、考えてもいないですよ、ブラウ奥さま。遊びですよ、恋人ごっこですよ」

「今日、サントスから来たの？」

マリア・ブラウリアは、マリア・プレッタの親戚がサントスから来て泊まっていくとき はいつも気が重い。マリア・プレッタは厚かましい真似はしないが、マリア・ブラウリア は、二人がおしゃべりしていると考えるだけで厭になったし、たとえ家事室で静かにして いても、あっちは二人で、こっちは自分一人だ。だからといって厭だとは言えない。まし てや相手はベネジッタ、マリア・プレッタの妹の孫娘で、洗礼でも代母になっている。そ れにマリア・プレッタは家族同然だ。それでも声には力が入る。

「で、いつからマリア・アウチーナの家で働くことにしたの？」

「まだ先です。七月になってからです。今回来たのは予備校を見るためなんですが、そこで」と、微かにためらったが、堂々と言った。「図書館学を勉強するんだそうです」

「そのことはもうマリア・アウチーナに話したの？　あなたも知っているように、妹は私よりもうるさいわよ。厭というほど知っているでしょう？　どうやって時間を調整するのかしら？」

「ああ、ブラウ奥さま、時間はありますよ。もし入ればですが！　アウチーナ奥さまは、どうせ無理だと思っていらっしゃるんですよ」

二人は、疑念と共犯の視線を合わせる。

「でも……。で、予備校の時間割は？」

「もう調整済みです。アウチーナ奥さまはご存知です」

マリア・ブラウリアは食卓から立ち上がり、消えたテレビの前に座る。テレビは見ず、別の方向を見る。開けられたカーテンのあいだからは、外の夕暮れ、いくつかの星、灯りの点る建物がのぞいているが、おろされた窓ガラスとベランダの閉まったガラス戸には明かりのついた居間が弱々しく映し出されている。この二つの景色の重なり、ガラスに刻印された中と外の重なりが、ベネジッタを待つあいだの彼女を紛らわす、まるでつけっぱなしでずらりと並びコマーシャルしか流さないテレビのように、いつも同じコマーシャル、九階で堰き止められた自分の人生のコマーシャル、イタイン・ビビ周辺のコマーシャル、自分の知らない領域のコマーシャル、だが甥にして秘書のジュリアォン・ムニョス、亡きムニョス判事の血のつながった甥であるジュリアォンはそこに、彼女が知ることはない道を拓こうとしているのだ。

「こんばんは、ブラウ奥さま」声をかけたのは、目の前に突っ立つベネジッタだった。十九歳。なかなかの美人だ。

「あら、まあ！　ジッタ！　ベネ……。どうしたの？　色、変えたの？」

「もう陽には当たらないことにしたんです、ブラウ奥さま。それだけです」

「白くなりたいのね？」

「海に行く時間がないだけです、ブラウ奥さま」

マリア・プレッタは少しはらはらしているようだ。いくぶん慌てて、このときも言葉を呑みこみながら、金縁の眼鏡の奥にあるしたたかな目をあっちからこっちへと動かしている。

「もう奥さまが小さいときに会ったときのような、あの痩せっぽちの真っ黒な子じゃありませんでしょう、ブラウ奥さま？」

マリア・ブラウリアはおかしそうに頭を振り、本当に、本当におかしそうだ。

「本当、あの痩せっぽちでも、真っ黒な子でもない、たしかにそうね。なかなかきれいなキャラメル色にしたじゃない、ジッタ、ベネ、ベネジッタ。でも、気をつけなさいね。きっとたくさんの心を悩ませるわよ」

ベネジッタは黙ったままだ。

ベネジッタがあいさつをし、背を向けて台所へ行くあいだ、マリア・ブラウリアは、彼女の硬く突き出したお尻に目を留めた、歩くたびに上下に揺れる二つの玉。マリア・アウチーナに何か手を打たせねば――と考える。これが、応接間で見せるヒップかしら？　さて、ガードルをつけさせるか、あるいは丈の長い制服を着せるか、あるいはなにか上に羽織らせるか……。ベネジッタの最大の誇りと自立を示すその部位を変えるために必要な方策をあれこれ考えると、気持ちがかなりおさまる。

早々とマリア・ブラウリアは部屋に引き上げる。とくに疲れてはいなかったが神経が昂り、台所のドアから漏れ聞こえてくる小さな話し声や笑い声が気に障る。浴室に行き、壁に固定された化粧棚を開ける。作業にすっかり慣れた手つきで、棚板の一枚の下にある二本のピンを外し、続いてそれを軽く手前に引く。すると棚板と棚の奥一式がごっそりとはずれ、最初のよりかなり小さい、奥の方に設けられたコンクリート製の別の扉が、むきだしになった四角いくぼみに現われる。その中央にはソーサーほどの大きさのステンレス製の丸いプレートがあり、その周りには一から十までの数字が振られた回転式の輪が並んでいる。指の節が目立つ細長い彼女の手が、盤石で精確な動きで、いくつもの配列をあっちからこっちへとすばやく操作し、暗号を完成させる。あとは丸いプレートの中央にある取っ手を引くだけで、厚さ六センチの重厚な扉が静かに開く。中には書類の入った金属箱と、二つの宝石箱。指輪をはずして、洗面台においてあった小箱に収め、これで完了。金庫の中は調べることも、いじることもしない。戻す作業もやはり盤石だ。すぐにすべてが元どおりになる。この金庫はマリア・ブラウリアの誇りの源泉で、暗号の数字の配列は、彼女の記憶の中で宝石と同じくらい際立っていた。それはまさに銀行の貸し金庫の一件がムニョス夫妻にとって思い出したい話ではなくなったある日、エウジェニオ・ジ・リマ通りの家に設置された金庫だった。それを提案したのは、かの名高き宝石商にして金細工職人のマルセウ・ジ・ソウザ・アルマンド。こんな本物の要塞が家の中にあることを知っていたのはごくわずかだったが、その人たちは口をそろえて、中にしまわれているものの価値に見合う傑作になると言った。唯一例外はムニョスの幼馴染の武骨な友だちで、三十二年の護憲革命*を熱狂的に戦ったという代々農場主という男、彼はその金庫の効果を常に疑問視し、しわがれ声で異を唱えていた。強盗が入ってきて、バナナ大のダイナマイトを何本かぶっ放してみろ、そんなちゃちなもの、見てみたいもんだ！　扉も秘密もすべて吹っ飛んじまう！　マリア・ブラウリアは当初、夫の友人にそんな荒くれ者がいることに驚き、またその友人が「旧交を温め」たいと一家総出でサンパウロに出てきてエウジェニオ・ジ・リマの家に来るたびにぞろぞろと連れてくるうるさいガキらにも驚いた。だが、おそらくは彼からぷんぷんと放たれる男臭さこそが、ムニョスを甘くさせたのだった（事実、ピラスヌンガの太陽が焼き上げた赤毛の男を見ればだれだって、いまにも蒸発しそうな印象を抱いたし、そのスポーツ選手張りの肉体が発散する汗は、彼自身を煮え立つオーラで包みこみ、そのせいで居間にはまるで家畜小屋のような雰囲気が持ち込まれ、その連想で野の花々を思わせるのか、ムニョスは甘さを通り越して、すっかり牧歌的で懐かしい気分にさ

＊　一九三二年七月九日、サンパウロの州政府と共和党が、リオデジャネイロのジェトゥリオ・ヴァルガス大統領による憲法廃止、独裁政権に反対して起こした反乱。周囲の州の理解が得られず制圧された。サンパウロ州では祝日となっている。

せられるのだった）。金庫がダイナマイトで爆破されたら、すべてが吹っ飛ぶ、そうなれば強盗からムニョス夫妻に至るまでおしまいだと言うのも無駄だった。身も蓋もない意見を述べるこの友人の乱暴さは、たとえ自分の意見がどんなに良識あるものでも、自分とは反対の意見も吸収しようとする判事の姿勢とは正反対だった。だから法学部なんかに行かず農場主をやっているんだ、農場主はそう言った。カペリーニャ農場に言葉の争いは要らないんだな、必要なのは確信。雨か太陽か――ムニョスはユーモアたっぷりにそう繰り返したものだ。

金庫の操作が終わると、マリア・ブラウリアは寝支度を始める。ネグリジェとローブを身に着け、バラ色のリボンを黄色い髪に当て、後ろでまとめる。それから香《かぐわ》しい乳液を浸み込ませたコットンで、丁寧に顔から少しずつあの生き生きとした朗らかな色合いを拭きとっていくが、そのありさまはまるで劇場の支配人が照明をひとつひとつ落としていくかのよう、まずは舞台、次は廊下、それから待合ロビー、そして玄関。最後鏡に残るのは、真っ暗な劇場の玄関にも似た、あまりにがらんとひっそりとしたなにか。だが、それらは同じではなく、なぜなら劇場では、上演の精神は帰りゆく観客といっしょに少しずつなくなっていくが、鏡の奥では、牡蠣の殻の青白い内面のような、おぼろげで皺だらけの消えた形から現われ始めるのは、とても陽気で快活な妙々たる精神、リキュールのような精神、格別な蒸留酒。

そう。今日も、これまでの多くの夜と同じように、彼女は「私の」ルビーを追いかける。「もうひとつ」を。一瞬、部屋のドアの敷居に立ち止まり、そこを愛しそうに調べる。部屋の基調は森林の緑。高いところから届く木漏れ陽。午後じゅう日射しを浴び、暖められて快適だ。ルビーはそこにある、部屋のどこかに。彼女はときおり隠し場所を変え、まるで生き物のように部屋を移動させ、それはほとんどあちこち引きずりまわされるペット。今日は、鏡台のひきだしのひとつの中でがらくたに混じっている。とれた古いボタン、合銀の指貫、壊れたルーペ、そのあいまでキャンプリックのハンカチでしっかり包まれている。マリア・ブラウリアは、いつだって硬貨やボタンや小さなメダルなどを個分けにしてハンカチで包んでおくのが好きだった。ベッドに腰かけ、ハンカチをほどく。いよいよお出ましだ。糸の切れたファンシーな首飾りの珠四粒ほどといっしょに、それはプラチナの長く細いチェーンに通されている。つるつるに磨かれた大粒の丸いルビー、ルビーのカボション。手の平で、指をしっかり握って包むにはちょうどよい。角がないから傷つくこともない。すぐに暖まる。あたたかで柔らかい。葡萄の粒。ブラックベリージャムの一滴。光のスターが中で輝く一滴の血。極上の逸品。

それをあちこちと、もっともあり得ない場所にしまう習慣は、ルビーそのものとそれがこのエウジェニオ・ジ・リマ通りの家にもたらされたいきさつとともに始まった。それはマリア・ブラウリアのものになった瞬間から、一度もこの家で指定席を獲得したことがなく、また持ち主の首に飾られる時間も決まっていなかった。それが現われるときは、彼女以外にもうひとり人間が存在し、それは常に同じ人物で、二つとないあまりにオリジナルなそのピースを愛で、その人こそがそれをここにもたらし、その正確な価値を知り、それに関する話を常に飽きもせず何時間も延々とできる人だった。それは何よりも宝石の話題が、いくらそうはまったく見えなくとも、実存的な問題とひじょうに混ざり合うからで、このことはいろいろな角度から検証する価値がある。希少な石を台座に嵌めこむときには注意を要するが、それと同じくらいの注意が家系に組み込むときにも必要だ、と宝石商マルセウが、ある日招いてくれた相手に言ったことがある——三人だけで小さな円卓を囲んで夕食をとったときだった——ムニョス判事とムラノ・グラスの白鳥を交互に見ながらだった。というのもこのころには宝石商にして金細工職人は、日に日にマリア・ブラウリアの目を直視するのが難しくなっていたからで、相互作用のせいで、二人とも日に日にムニョス判事を介さずに話すことができなくなっていたのだが、他方ムニョス判事のほうは注意を向けてもらえて光栄に思わないわけがなく、それはむしろ情熱とも言ってよく、それほど熱くこのフランス系の父親と、ポルトガルのベイラ・アルタ地方のトラズウズモンテス出身の母親を持つ魅力的な男性は、それに乗じて懸命に判事を楽しませ、自らの生業の華麗極まる神髄に引き込もうとし、目は常に判事の目をみつめていた（唯一離したのは、自分の職業に完全に夢中になるあまりかすかに熱っぽくなって、ほんのしばらくテーブルの中央に視線を注いだときだけだった）。

だが、このように話しながら不思議な昂奮に包まれるようになるはるか前に、彼はすでにムニョス判事の信頼と心を勝ちとっていた。その証拠に判事は、知り合って間もないある日、たいへん恩義のある人に贈るための金時計を買いにこっそりと訪ねている。二人のあいだではそれが私設秘書であることを隠すことなく伝え、おれの「タイプ」に似合うものを宝石商が選べるようにと、その風貌も説明し、つけ加えた。「ふつうじゃないのをよろしく」――そして別れるときには、この買い物のことは他言を慎んでほしいと頼んだ。絶対だ、いいな？　その後もたびたび訪れ、それは常に現金でお返しをしたら相手を怒らせてしまうような類の力添えや行為に対する返礼のためのものだった。その人はいつも私設秘書と同じタイプや背格好で、同じタイプが大勢いたのか、いつも同じ人物だったのか、宝石商はあまり確信が持てなかったが、取引の最後には決まって、ああだこうだと理由をつけて他言無用を頼むのだった。なにかの日の記念に彼がマリア・ブラウリアのために買う宝石は、当然のことながら彼女がすでに持っているものに及ばなかったし、彼女自身があのピジョン・ブラッドのルビーの悲しい事件以降、新たなぜいたくをする気持ちを自分から失くしてしまっていたのだが、それでも、あの銀と孔雀石のピンはどう？　と訊くこともあった。例の七宝焼きの蓋付きの金のシガレットケースだが、いつもと同様に頼む、いいな、等々言うのだった。

そんなこんなでマリア・ブラウリア、ムニョス、宝石商の三人の絆は固くなり、話題にも事欠かなくなっていたが、最近ではその親密な空気にある種の不均衡が生じるようになっていた。判事が応接間を空けなくてはならないときや、どうしても宝石商がマリア・ブラウリアに直接言葉をかけなければならないときで、たとえば塩入れをとってほしいと頼むとき、それが判事の真反対のところにあって、クロスに置かれたマリア・ブラウリアのたおやかな手（当時のことだ）からはまさに一センチしか離れていないときに、それを判事は頼めないからだ。同様にマリア・ブラウリアが、手にコーヒーポットを持っているのに、宝石商がコーヒーをもう一杯飲むかどうかを聞いてほしいと判事に頼むことはできなかった。こうしたことは当然、マリア・ブラウリアに深刻な結果を引き起こした。宝石商から意図的に目をそらすことで弊害がなかったわけではなく、とうとうある日こんなことまで考えたこともある――完全にパニックになっていたのだ――もし人ごみの中で偶然宝石商に会っても、顔の見分けがつかないのではないか！

だが、震えと閃きが走る長い夜には、そんなことはまったくないことを彼女はよく知っていた。そのときになれば、宝石商の姿は、微細に至るまでくっきりと彼女の目の前に立ち現われた。低い背に広い肩幅、品位を損なわないふくよかな身体、整ったオールバックの大きな頭は彼女のほうを向きながらも、視線は常に横目でムニョスに向けられていた。

そしてその姿は、夫の書斎にある大英帝国関連の大部な書物に掲載されたイギリスのヴィクトリア女王に酷似していた。女王は片手をあごにあて、頭をわずかに横に向けて、絵の外にあるなにかを横目で見ていた。もう片方の手は胸のあたりで折り曲げられ、白い襟がついた長袖の黒っぽい服を身につけ、時計のチェーンが服の上に浮き上がり、きちんと梳かされた髪が耳の後ろに届いていた。とはいえ、その類似はヴィクトリア女王の丸顔と醜さが除外されていた。そしてひっつめられたまっすぐな髪も同様で（マルセウ・ジ・ソウザ・アルマンドのほうは、たっぷりとした髪にウェーブがかかっていた）、そこが顔の相似の不思議なところで、それは奇妙な近似性との乖離のあいだで起こるのだ。マリア・ブラウリアは、ムニョスが書斎で、骨ばった膝の上で分厚い本のバランスをうまくとりながらそのことを指摘し、その後で小気味よく（しかしかすかに調子っぱずれに）笑ったとき、少々腹が立った。こうしたことがすべて、夜の騒擾の時間の彼女の心そのものに、きわめてくっきりと実体化された。

そんな状況の折り、関係者全員にとってよいことに、ついにすべてが明らかになった。このときもまた生《ヴイーダ》がマリア・ブラウリアの世話をし、相談相手かつ助言者としてのお馴染みの務めを果たした。(だが、これと同じ生《ヴイーダ》がこの先でムニョス判事を襲い、たった二発で、二年のあいだに別々に正確なパンチを浴びせてノックアウトすることになるのだが、この二年という時間も、「永遠」というものさしで見れば、ボクシングの試合のリング上で生きるほんの最後の一瞬にしか相当しない)。歳月はいつの間にか流れるが、だからといって人間たちが持ち合わせる存在の中身は同じままではない。すべてが変化していたが、どうやら当事者たちはそれに気づかなかったようだ。なぜなら変化は、擬装者のようにしたたかに、音もなく起こっていたからだ。

マリア・ブラウリアは、昼間は夢遊病者かと思うほど宝石商の姿が朧気にしか見えないのに、夜になるとあまりにくっきりと映り、目も冴えてしまう状況に疲れ果て、当然のことながら憔悴してしまった。

これを見て宝石商はある日、突如決意し、マリア・ブラウリアの目の前でムニョス判事に向かって、彼女の顔色の悪さを指摘した。だが、それは本当に突如、下した決心だったのか。いや、もしかしたらそれ以前の局面は、現在のショック状態へ向けてマルセウ・アルマンドが指揮したオーケストラの序曲だったのではないか。つまり彼は意図的に目をそらし始め、彼女のほうはただそれに、まるで蛇使いの後をついていくようにつき従っただけだったのではないか。彼女を見ない彼を真似しようと思ったら、彼を見なければならない、そんな厄介なゲームをやっていたのではないか？　そう考えると、昼間の夢遊病状態の後に、写真のような夜が現われるのも説明がつく！　だが、正確に知るにはどうしたらいいのか？　その仮定の重要な裏づけとなるのがマルセウ・ジ・アルマンドの性格だった。自己統制がよく利き、自己愛が強く、感情の赴くままに自分をまかせることができる。だからといってその感情が誠実ではないと言っているのではない。ただ彼のもっとも深いところにある正体が、先述した擬装者のしたたかさに少し参画したことから、物事の秩序がじわじわ、じわじわと変化し、だれなのか、何なのかはわからないが、何ものかが彼女を押し、彼女を変え、ついにある日……。つまり宝石商がだしぬけにムニョス判事に面と向かって、マリア・ブラウリア本人の目の前で、彼女のろうそくのような顔色の悪さを指摘し、このときは彼女の目を真正面からじっとみつめた。おそらくは宝石商のこのときの態度が実質的にそれまで彼が判事の妻に対してとってきた、神のみぞ知る目標に向けた粘り強い戦略のクライマックスだったにしても、その次に起こったことは、はるかに予想を超えたものだった。マリア・ブラウリアがかすかに身を引くような動きをし、苦しそうな叫び声をあげて、いまにも倒れんばかりにふらふらと揺れ始めたのだ。判事は驚いて彼女を抱きかかえ、即座に彼女に向かって、もっとでかけたほうがいい、まずは友人のアルマンドの宝石店に行くところから始めたらいいと勧めた。それまでにも何回か行ったことがあったが、いつも夫がいっしょだった。行きなさい、行きなさい、さすがに明日というのは失礼だろうが、でもすぐに、今週中にでもすぐに行って、そのあとは街に出て、マッピンやカーザ・アレマンなどでお茶を飲んだり妹のマリア・アウチーナでも女友達でも誘って会ったりすればいいし、もちろん一人でもいい、もう子どもじゃないのだから。でも、行きなさい、行きなさい、行きなさい。

ムニョス判事は、裁判のことに気をとられると、想像力がほとんど働かなかった。だからもしそのときに見ていたのがあの農場主の友人だったら、判事の妻にはただちにサンパウロから出て、カペリーニャ農場で少し過ごすことを強く勧めただろう。それをしていたらマリア・ブラウリアにとっては破滅的な効果を及ぼし、予想外の顛末になっていたかもしれない。肥しに、子どもに、家畜の世話に、藪――しかも彼女の人生のその局面で――とても耐えられなかったはずだ。だが、そばにいたのが宝石商だったおかげで、まったく別の提案がなされ、しかもそれは言ってみれば命令だった。不履行はあり得ない。判事は、閉廷する際によくやる動作のように手を挙げた。

こうして魔法が解け、マリア・ブラウリア・ムニョスとマルセウ・ジ・ソウザ・アルマンドのあいだに満ち足りた交流が生まれ、まずは視線、すぐに告白、続いてほほえましい言い争いや果てしないおしゃべりへと移っていった。新しいステージの開始はマルセウの宝石店の、得意客のために奥に用意された小さな個室で始まり、少しずつ奥まっていったが、奥まるのは常にサンパウロの昼下がりで、やがてはもっと選び抜かれた私的な別空間へ向かっていった。

まだ小部屋だったころ、マリア・ブラウリアにカボションカットにされたルビーに関する最初のレッスンが授けられた。

このルビーには、とマルセウ・アルマンドはルビーの原石を見せながら言った、中にインクルージョンがある。インクルージョンというのは異物のことで、宝石が不純なことを意味する。それは小さな管であったり、気泡であったり、ルチルのように別の鉱物の破片ということもある。でも、いいかい、ブラウリーニャ（二人の関係は、二人きりになったときには親称で呼び合う仲になっていた)、ルビーの場合、それは品質の低下を意味するのではなく、むしろ反対で、それが保証になる、宝石が本物だという証拠だからね、というのも天然ルビーのインクルージョンは、合成のものとタイプが違うんだ。それにルチルのインクルージョンは珍重される。カボションにカットされた滑らかな山型の表面に光が当たると、中の針状のルチルが、猫目《キャッツアイ》と呼ばれる美しい効果を引き起こすんだよ。それからルチルの針がいくつかの場所で集まると、アステリズムと呼ばれるスター効果が現われる。こういうルビーは、磨いたら中に美しいスターが現われるんだ。

マルセウ・アルマンドは少し間をおき、マリア・ブラウリアの目を**じっと**みつめ、続けた。

ところでブラウリーニャ、君の結婚は少しこのルビーと似ている。君はそれがどんなものかを知っているし、ぼくも知っている。その中には小さなインクルージョンがある(秘書兼理学療法士のことだわ！――マリア・ブラウリアは興奮して推察した)。それが何かぼくは知っているし、君も知っている（あいつ！　あいつよ！）。**せっかく**だからそのインクルージョンを利用して、いっしょに美しいスター効果を作ってみよう（おお、神さま！）。ブラヴリーニャ、ぼくが言っていること、わかるね（イエスさま、イエスさま）。どうやらその神妙な表情を見ると、神さまを呼びだしているのかな。まあ、いい！　ぼくはずっと君の家族の敬虔さが好きだったから。でも、だからといって、四六時中、告解にでかけていって、君の私生活を逐一聴聞神父に話すのは勧めないな、国家公安委員じゃあるまいし（冒涜的な野郎ね）。こんなことを言うと、神の冒涜に聞こえるかもしれない。でも、君は間違っている。ほら、笑って！（おお、イエスさま！　お守りください）。ぼくだって君と同じくらいに、カトリック使徒教徒だ。君以上とは言わないがね。いつかポルトガルのぼくの祖先にあたる聖女の話をしてあげるよ。サモウコの聖女《サンチーニャ》さまとして知られている。もし彼女がポルトガル人でなくて、イタリア人だったら、とっくの昔に列聖の手続きが始まっていたはずだ。いいかい、もしいつの日か聴聞神父が君を理解してくれないときがきたら、神父を代えなさい。そして代えたその人もだめならば、また代える。ぼくは自分で何を言っているかはわかっている。母なる教会は、その資格もないくせに教会の名前を使って語る連中のはるか上を行っている。それをぼくは生《ヴイーダ》から学んだ。それからもうひとつ、聴聞神父には何を告白してもいいが、ものすごく色がついたことはだめ、細かいことや、名前とか状況はだめ。そのほうが賢明だ。いまの時代、スータンを脱ぐ神父も多い。（冒涜だわ、冒涜的な奴め）要は罪の種類を特定するだけだから（罪ですって！）、もちろんそれが罪に相当すればの話だが。君の結婚は、それにはあたらない。その枠の中で行なわれている限り罪とされることはない。それは最初の段階で無効とされてもおかしくなかったくらいで、教会法典上もそうだし、人としても根本的な過ちだ、これがどういう意味か、君にもよくわかるね？（ああ、神さま、この男の口を通して話していらっしゃる貴方さまは、本当は何なのですか！）でも、いまはもうお母さまもご高齢だし、そういうことをすべて表沙汰にするのは、よく考えてみれば、いや、たとえこれがもっと前でも、最初のころでも、つまり（ああ、やめて、死んでしまう）君の実家はみんなそしてムニョス家も（ああ、終わりだわ）ムニョス家はいろいろあるけれどものすごく尊敬を集めているし（破滅、単純に破滅だわ）。だからだれも不幸にするのはやめよう、不幸が似合う人なんてだれもいない、そうだろう？（そう、だれも不幸は似合わないわ！）だからこの結婚の中にスターを作りだそう。それだけ。

ドアがノックされた。もう何度もされていたので、マルセウ・アルマンドは急いだ。

「これは、とても純粋な色をした石だが、ピジョン・ブラッドだとは言わないでおく、悲しい記憶を呼び起こさないようにね（忌まわしい記憶よ！）。磨いたらわかる。宝石を知らない人は、磨く前と磨いた後のルビーがどれだけ違うかがわからないものだ。いまは濁っているだろ？　でもね、これを磨くと……！　といっても、これは透明ではないので、いずれにしてもブリリアント・カットやエメラルド・カットは勧められない、お勧めはまさにカボションだ。それでも相当の価値がある。**この**ルビーに関して、ぼくは嘘を言わない。**この**ルビーは、ああ、君はなんてきれ……、ぼくのブラウリー……、ごめん、お客さんを応対しなきゃ。明日もまた来るだろう？」

マリア・ブラウリアは、その翌日の午後もまたやってきて、それからも何度もやってきたが、二回めの決定的なカボションのルビーに関するレッスンが行なわれたのは、そのずっと先だった。

このころのマリア・ブラウリアは、とにかく生《ヴイーダ》に夢中だった！　彼女の青い瞳は、どんな化粧品で引き立てる必要もなくきらきらと輝き、白髪も柔らかな金髪にせいぜい二本混じるだけだった。齢の勢いに乗った美女。

人はときに囁く。生《ヴイーダ》なのよね。私たちは気づかないけれど。

その生《ヴイーダ》にムニョス判事は気がつかなかった。だがそれはすぐそこで、彼のそばで待ち伏せていた。彼は常に目立たない人だったが、引退後はさらに目立たなくなった。ほとんんど老人だった。新国家体制*のときには、政治に首は突っ込まなかったし、突っ込んではならなかった。友人に全体主義者が二、三人いたが、ほかにもいた。リオに行ったときには、大統領を茶化した音楽喜劇を観るのが好きだった。巨大な腹をし、口の隅に葉巻をくわえたちび男が、体を小刻みに揺らしながら舞台に登場すると、観客席は天井が落ちんばかりの笑いに包まれた。来賓席ではもう一人巨大な腹をし、口の隅に葉巻をくわえたちび男が、笑いで観客席の天井が落ちるのに手を貸していた。ムニョスは、舞台と来賓席を見た。満員の会場も、舞台と来賓席を見た。ちび男は、笑いながら拍手するちび男に向かって、歌い、体を揺らしていた。手回しオルガンのように、一国の首都の、そして国のぜんまいを巻く必要がある。そして巻かれた。ムニョスはまたドアの背後で、まん丸と太った主人と

＊ ジェトゥリオ・ヴァルガスが一九三七年のクーデターによって開始した独裁体制。この後に出てくる「巨大な腹をし、口の隅に葉巻をくわえたちび男」はヴァルガスのこと。身長は一六〇センチほどだったという。

まん丸とした胸のメイドが繰り広げる禁断の恋を描くドタバタ喜劇も好きだった。ハ、ハ、ハ、ハと笑い、とても愉快そうで、とても寛容で懐が深く、それは来賓席の高みで葉巻をくわえるちび男も同じで、今日のマリア・ブラウリアも同じ。彼はよく笑ったが、腹の底からおおっぴらに笑うことはなかった。彼がやったことで、大っぴらなことはなかった。例外は、なかなか法学部を卒業できない、しかし、本当になかなか卒業できなかった秘書兼理学療法士に発破をかけたときだけ、そのときばかりは怒鳴らんばかりにきんきん声をあげた。「いい弁護士とは、いい洗濯屋のようなもの！　どんな法律でも、自分の旗色で塗れ！」彼は、当時、一九三九年の法典後に生じた法制の流れの中で、全国の訴訟に関する法律の統一の一環として進められた刑事訴訟および民事訴訟の一連の法改正を、興味深くそばで見守った。そのときは委員会にも参加し、意見を述べたり検討作業にも加わったりもしたが、半分距離をおいて働きかけることを好み、自分の意見どおりになったときも陰に留まり、なにも大っぴらにはしなかった。

「仲立ち」、これこそが彼の性に合う法曹の姿勢だった。彼の日々は、利害関係者はめったに表には出ず、利害の対象もありそうなところにはなく、発言する人が必ずしも口を開いている人というわけでもなく、本題はその場で話題になっているものではない、万事がその調子だった。

だが生《ヴィーダ》は、その脇で待ち伏せしていた。というのも生《ヴィーダ》は、判事を真似て、陰を好んだからである。

そして彼の大好きな娯楽であるボクシングの真似をし、ある日、そのやり方に倣って書斎の暗い片隅から襲いかかり、予期せぬジャブをいきなり一発食らわせた、左頬へのフック、それを受けると、判事はわずかに身をよじり、それきりとなった。片目はもっと閉じ、片方の口角も閉じ、ほんのわずか引きつった。話すときも元来の訥々《とつとつ》とした口調がますます訥々となった。マリア・ブラウリアは驚いてただ見るばかりだった（このころには夫に対する以前の畏怖が多少甦っていた）、言葉は、まるで海鳴りのようにはるか遠くから轟き――まるで大西洋を横断してくる言葉で――口の端で途絶えて、怖気立つ友人たちの前で、薄い泡の層となり、なかなか消えずに残り、それをマリア・ブラウリアは夫にそっと合図しようとしたが、できなかった。このとき夫の発話はもう届くのがやっとで、果てるのもいつもまるで砂に消える波のようだった。ものすごい轟でありながらまったく聞こえない音、はるか遠くからやってくる脅威、はるか深いところで思考された脅威、それなのにたった少量の泡、あてどなくさまよう無の泡でしかなかった。

マリア・ブラウリアの母親の死とムニョスの脳溢血を機に、マリア・プレッタはエウジェニオ・ジ・リマの家に入っていた。ほかのメイドらにも多少命令を下し、すべてを一手に引き受けていたため仕切り役を任され、ムニョスの些細な欲求にも応えていた。まさに宝石。まるで家宝。

最初の発作と最後の発作のあいだにムニョス判事は、彼にとってもそれまで常に存在はしていたが、仕事や社会的立場、そして距離を置いて見ていた公人生活に紛れ、暗黙の了解となっていたいくつかの問題を気にかけ始めた。それがいま二つの決定的な単語を通して彼に迫ってきた。欺瞞《ドーロ》と品格《デコーロ》だ。自分がこれまでどれだけ公判で公序と品格を保つよう強いられてきたかを思い起こした。品格がどれだけ自分をすっぽりと覆っていたか、そして自分の全存在をまるで幅広い法服のごとく包み（ちょうどマリア・ブラウリアの実家の慎み深い女性たちがやっていたように）自分という人間の内面がいっさい表に出ないようにその鬟を整えてきたか。判事たるもの、いかに損害や被害に対して責任をとるべきかを考えてはきたが、その任務の遂行となると（任務以外は当然のこと！）、欺瞞《ドーロ》を以て犯罪や詐欺まがいのことをしてきたのではないか。

欺瞞《ドーロ》！　いま初めてこの言葉が、もうひとつ昔イベリア半島で用いられた一種の短刀《ドーロ》を指す語でもあることに気がついた。そしてあのスペイン人宝石商のことを思い出してぞっとした。その男はある日、婚約していたころ、彼の突飛な想像の中から（つまり謙虚とは無縁だったのだ）ひょっこり出てきて、フィアンセに贈ればいいと、正真正銘のルビーを提案してきたのだ。不思議なことに、いまこうして病に倒れ、退職して時間ができて初めて、その商人の国籍と自分の私的な活動のあいだにつながりがあることに気づく、これまで自分の人生は常に、言ってみれば「欺瞞《ドーロ》による苦悩」だらけだった。自分が置かれている特別な境遇を恨めしく思った。なぜなら「おそらく多少は神秘化された」あの「他愛もないちっぽけな空想」に、こんなに精神的エネルギーを使い、身をすり減らさなければならないのだから、今日になって法律家としての自分のとてつもない捏造の能力を認める（だが、これが表に出ると彼のプライドの支柱が壊れるため、それは陰に閉じ込めておかねばならず、多くの場合、仲立ちの名に託すことになったのだ）。

ここでスペインという宝石商の国籍が、スペインの短刀《ドーロ》の宿命の閃光を放ちながら彼の許へ舞い戻り、彼を骨の髄までぐさりと刺した。以前の彼ならば、そこで自分に甘くなり、素直に自画自賛したはずだ、よくぞ判事としての想像力の精華がフリントガラスのルビーなどに宿ったもの！　だが、けっきょくは彼のその行動も（ほかの多くの行動と同様に！

……）求めていたのは単なる品格《デコーロ》であり、品格以上のなにものでもなく、常に品格だったのではないか？　そしてとくにそれが求めたことは、婚約に箔をつけ、威容を示すことだったのではないか？　求めたのは威厳、威光、面子、道徳的作法、要するに集約すればすべてはその言葉が含む見栄えだったのではないか？　ちょうどあのちっぽけな赤い一片のガラスが、かなりの長きにわたり彼の捏造力の輝かしい閃光のひとつを宿したように？

ムニョス判事は、書斎の中を行ったり来たり、行ったり来たりしたが、自分の人生で欺瞞《ドーロ》と品格《デコーロ》のどちらが傑出していたか、結論を出すことはできなかった。もしかしたら品格は単にもう一方の欺瞞《ドーロ》を覆い隠すためだけに存在したのかもしれないし、欺瞞は、もしそれがそうだとすると、いや、いや、それが生《ヴィーダ》、おお、神よ、生《ヴィーダ》なのだ。

生《ヴィーダ》にパンチを喰らった——このころの判事は好んでそう口にした。そう言いながら、世界のボクシングの偉大なるチャンピオンたちの全身写真のコレクションを懐かしく思い浮かべた（なぜならボクシングが唯一、品格を傷つけることなく安心して、あの忘れがたき筋骨隆々の肉体美の蒐集品を堪能させてくれたからだった)。

こうして生《ヴイーダ》は、まるでヘビー級のグランドチャンピオンのように、そしておそらくはムニョスがもっとも敬愛したデトロイトのデストロイヤーことボクサーのジョー・ルイスのように、再度不意打ちをかけ、この二度目の右顎への決定的なジャブによって、彼をノックアウトした。

彼は逝く前に、ただ一言だけ言い遺した。それにあたっては、だれにも疑いの余地のない手の動きで合図し、一同に席を外すよう命じた。その要請には、かつて法廷で、不謹慎な行動をとったらだれであろうと即時退出を求めた人間の威厳があった。親族は従った。マリア・ブラウリアだけが残った。

彼女が、よく聞こえるようにベッドのすぐそばまで近寄ると、法服をまとった判事の世界に属するラテン語の短いフレーズが発せられた。疑わしきは被告人の利益に。だが、もはや彼には、それまで妻の向学のため常にやってきたように、それを翻訳してやる時間はなかった。マリア・ブラウリアは震えていた。この人は何を知っているのか？　赦しを請うているのか、それとも与えているのか？　あるいはなんでも、なんでもないのか？　おそらくはこの宵に勝者たる凶暴な生《ヴイーダ》に当惑しているだけなのだろう。それはちょうどデトロイトのデストロイヤーが、タイトルを失わずに、自らの意思で引退したのと同じだった。

要するに彼は、かすれ声ではあったが、はっきりとこう言ったのだ。

「イン・ドゥビオ・プロ・レオ（in dubio pro reo）」

背筋の伸びた老女はどのように生成されるのか？

老いは時間が供給する。ぴんと伸びた背筋は世界の背こぶで生じる。背中にはまるで巨大な老トカゲの硬い背びれのような突起があり、見る位置によってそのとげは（泥棒をつかまえるガラス破片もそうであるように）上を向いたり下を向いたりする。少しずつ学習するのだ。上から届く視線を捉え、それを下からしっかり押さえ、目じりでその端を巧みに支え、視線の片隅で、然るべき時機がきたら、今度はそれを下に投げる。いらいらと手でテーブルをこつこつ叩き、何度も繰り返す。貴方は私が何のことを言っているかわかるでしょ、私が何のことを言っているか、よくわかっているでしょ、そう言って、何のことかわからずにぽかんとする顔を、優美になでるのだ！　長く険しい修行期間の後、ムニョス判事の死という突然の出来事、こうして生成が完了する。とはいえ、まだ老境にはないが、それでも老いはすでにマリア・ブラウリアの背筋の中枢に巣くい、そこから成長して勢力を拡大していく。

マリア・ブラウリアは、ムニョスを思い、心から大いに泣いた。幸せで静かな歳月、とても品行方正な人生だった。紳士！　ではなかったか？　それでも（あるいはそれゆえか）秘書兼理学療法士を呼びつけ（もうかなり前にムニョスの仕事を辞めていた）、小さな円卓に招いて二人だけでお茶を飲みながら、こつこつ、こつこつと、ムラノ・グラスの白鳥が浮かぶ鏡の湖面が微かに揺れるくらいにガラス板を叩きながら言った、悪いけど埋葬のときにあなたがいなかったこと、とても不思議に思ったのよ、それどころか初七日のミサにも来なかったわよね。彼は口籠もり、答えなかった。彼女は続けた。この二つのイヤリングの宝石は、あなたに差しあげるわ。これを見たとき、ムニョスはきっと、貴方のカフスボタンにいいと思ったと思うの。私の実家からきたものだけど、私のものはいつも彼のものだったから。さあ、どうぞ。長年、働いてくださった思い出に（マルセウ・ジ・ソウザ・アルマンドは入念な鑑定をしたうえで、これらの宝石は本物ではあるが、見た目ほどすばらしいものではなく、二つ合わせても、ちっぽけなサファイアの価値もないと言っていた）。彼女は背筋を伸ばし、待った。そしてついに秘書兼理学療法士が汗ばんだ手で、サテンで内貼りされたビロードのケースをとったとき、これでこの男がこの家に戻ってくる道が永遠に絶たれたことを確信した。どんな口実をつけようとも。彼が帰った後、彼女はふたたび食卓につき、冷たくなったお茶をもう少し飲み、泣いた。二つの宝石を思ってか、ムニョスを思ってか、三人を思ってか、あるいは自分だけのためだったか、それを知るのは難しい。すぐにムラノ・グラスの白鳥が浮かぶ鏡の湖に埃がたくさんたまっているのに気づき、マリア・プレッタにそのことをこっぴどく言わなくてはと思った。

真夜中の十二時近く。マリア・ブラウリアは、カボションのルビーを首につけて横になっている。片手を胸に置き、ぼおっとそれをなでる。一方の壁から届く規則的な音を聞き、幸せな気分になる。記憶に甦るのは、子どものころの家の裏庭で、物干し台で雹《ひょう》がはじける音や、エウジェニオ・ジ・リマの家の庭の、葛折りの小道に撒かれた砂利の音。こども時代と娘時代の、働く家と太陽のもとで育った家の音、それらはまるで盛んに発酵する二つの大きなパン。はっと我に返る。それにしてもあの隅に置けない黒人女、ちょっと色を抜いたからって、もう白人気分。来るといつもこの豪雨。このバスタブほどのタンクの水を全部使い切りそう。

やっとシャワーの栓が閉まる。ベネジッタが、まだ水を滴らせたまま、腰にタオルを巻いてそこから出てくる。マリア・プレッタが待ち構えて文句を言う。

「ここはトップレス海岸じゃないんだからね。ちゃんと身体を覆いなさい！」

ベネジッタが身体を拭くのを手伝ってやる。背中の部分はとくにごしごしと拭く。足元に目をやる。

「また！　もしアウチーナ奥さまがご覧になったら！　ああ、イエスさま！」

「それが何なの？　おばさんたら」

「汚い足だね。かかとががちがちじゃない」

「足なんか擦っている暇なんてどこにあるの？」

「暇は作るものなの、おいてもらいたいならね。アウチーナ奥さまは厳しいんだから」

「私はおいてもらおうなんて思ってないよ。予備校に通っているあいだだけ。店や知らない人の家にいるより、落ち着いて勉強できるから。それに、もし入れなかったら、またサントスの美容院でこのまま働くよ、ぼちぼちね。美容院を手伝ってほしいって、もう言ってきているから」

「家においてもらったほうが、将来あるし、お作法も習えるよ」

「はい、はい！　大きな将来がね！」

ベネジッタは、濡れた髪の上から短いネグリジェをかぶり、スツールに腰かけて、足の指をいじりながら、足に話しかけた。

「それにしてもさ、厭な婆あだよね、あのブラウ奥さまはむかつくよ、ねえ？　皺だらけで、干からびてあんな化粧をしてさ、まるでサーカスの猿だよ！　話すときだって、あんなに骸骨を伸ばしてさ！　根掘り歯掘り聞きやがって、なんであの年がら年中プールで身体焼いているアウチーナ奥さまの末っ子に聞かないのよ、黒人になりたいのかって？　むかつくよ！　何だと思っているのよ？」

「静かにして、この恥知らず。そのかかと、固くなった皮をどうやって軽石とやすりでとるか見せてあげるよ。でも、まずはその足、もう一度洗わないとね。ほら、このたらいに入れな。ちょっと、ジッタ、一分でいいから静かにしてくれない？」

「ベネ」

「ベネ」

マリア・プレッタは、仕事には余念がない。エプロンの上からさらにビニールのエプロンをつけた。そしてときどき注意する。

「もっと小さな声で。声を小さくして」

「あっち側には何もなかったでしょ。トイレとシャワーの音以外は聞こえないって、おばさんが言ったんじゃないか」

「でももっと小さな声で話すの、どうしようもない子だね。その足もじっとしてよ。ちゃんとできないじゃないか」

「あああ、おばさんは、あっちでもプレッタ（黒）、こっちでもプレッタ（黒）って呼ばれて、よく我慢できるよね」

「我慢することなんかなにもない。もう何百回も話したでしょ」

「もう一回話してよ。じゃないと足を引っ込めちゃうよ」

マリア・プレッタは姪の言いぐさが気に入った。

「あの時代の大邸宅《カーザ・グランジ》*にはね、知ってると思うけど、どこもたいがいたくさんのマリアが

＊　ブラジルでは一八八八年まで奴隷制度が敷かれていた。奴隷の住居であるセンザーラ（奴隷小屋）に対して、主人の住居は「カーザ・グランジ（大邸宅）」と呼ばれた。この後に続くマリア・プレッタの回顧からは、今日まで続く奴隷制度下での人種差別の名残がうかがわれる。それはこの作品を通して描かれるマリア・ブラウリアとマリア・プレッタとの関係にも表われている。

いたもんなんだよ。ブラウ奥さまのお母さまの家だけだって、奥さまのご家族に三人。まずはマリア・フランシスカ、大奥さまでシキーニャって呼ばれていて、それからマリア・ブラウリア奥さまとマリア・アウチーナ奥さま。メイドも、マリアは私のほかに二人いたから、三人だね」

「六人もマリアがいたわけ？」

「そう、六人。私はマリア・フィウミーナだけど、だれからも一度だって、私の母親が生きていたときだって、だれからも一度だってマリアの後ろにフィウミーナをつけてもらったことがない。フィウミーナは戸籍だけ。それ以外にも二人マリアがいたからね。一人はマリア・フランシスカで、なんとブラウ奥さまとアウチーナ奥さまのお母さまと同じ名前！　だからだれも名前では呼ばないし、シキーニャとあだ名で呼ぶわけにもいかないでしょ。それからもう一人、洗濯係で、名前がマリアしかない子がいたんだよ」

「で？」

「今日だけじゃ、このかかとはきれいにならないね。毎日、お風呂のあとに必ず手入れしなきゃね。足も、手と同じくらいにきれいにしておくものだ、ってブラウ奥さまからいつも言われたよ。たしかに足はいつも隠れていて、手はいつも外に出ている。でもきれいな足は、手と似ていて、そんな風にピンクに塗った爪じゃないんだよ。手のような足っていうのはね……」

「ねえ、マリアの話の続き」

「ああ、それで私はマリア・プレッタ（黒）になった。顔のとおりでしょ？　マリア・フランシスカはマリア・フッサ（ロシア）になった。以前、ロシア語を話す人のところで働いていたらしいんだよ、みんなロシア語だって言ってたよ。あんな異端の言葉で、ちゃんと文まで作れるくらいになっていたよ。でも、洗濯係のマリアはそのまま、ただのマリア」

「白人だったんだ？」

「そう。もう一人のマリア・フッサもね」

「じゃあ、なんでマリア・ブランカ（白）にならなかったのかしらね？」

「バカも休み休み言いなさい。だれもそんな風に呼ぶわけないでしょ。彼女は家では若いほうだった。物干し台がある裏庭から、洋服を抱えてやってくるだろ。そうするとシキーニャ奥さまが足音を聞きつけて聞くんだよ。そこに来るのはだれ？　で、彼女は答える。マリアです！——シキーニャ奥さまがもう一度聞く。どのマリア？——わかっているのに聞くの。彼女は答える。シキーニャ奥さま、ただ《ソ》のマリアです。そのうちソ・マリアになり、最後ソマリーアになった。で、みんな彼女をそう呼ぶようになった、肺炎で死ぬまでね。人生、ひどい苦労してね。ものすごく不幸な子だった。私から見りゃ、肺のせいで死んだんじゃない、苦労の茨で死んだんだね。私が祈るときは、絶対ソマリーアは忘れないよ」

マリア・プレッタは自分の仕事に誇りを持っている。ベネジッタが足を注意深くチェックする。

「ふう、これだけマッサージしてもらったら、ぽっかぽっか。おばさん、そこのサンダルとって」

「サンダルは、履けるうちに履いておきな。そのうち……」

「なんで？」

「だって、ブラウ奥さまとアウチーナ奥さまがこの家で認めない格好があるとすれば、それはメイドがサンダルを履くことだからね、どんなに暑かろうが何しようがだめ。たとえ身内でも、若い女性が素足でいると、ブラウ奥さまがみっともないと言っているのを見たことがあるよ。いつかジュリアォンがジュレーマを連れてここまで上がってきたときなんて、奥さまはなんとか彼女の足を見ないように、できることもできないこともすべてやってたよ。ブラウ奥さまは、貧乏人が相手だと分別が利かなくなるからね」

「それにしても、ブラウ奥さまは本当にウザイ奴だよね」

「ちょっと待った。まだ履いちゃだめ。ほら、こっちの明るいところで見てごらん、なんのかんのいって、きれいになったじゃない。時間をかけて手入れをすれば、カボションのルビーのように、赤くつるっつるっになるよ」

「なにそれ？」

「あんたはまだまだ私から学ぶべきことがたくさんあるね。世の中には、あんたがまだ知らないことがたくさんあるんだよ」

「で、カボションって何なの？」

「宝石をつるつるに磨いたものを言うの。こんな風にまあるくね」（マリア・プレッタは手で、ベネジッタのかかとを例に説明した）

「今日のブラウ奥さま、ピジョン・ブラッドのルビーをはめてたよね？　カボションってあれのこと？」

「何を言ってるの、ジッタったら。あんたは宝石がわからない人ね」

「ベネよ」

「ああ、絶対に慣れるなんて無理。ベネ、ベネ。」

「そう、それでいいの。自分の名前は自分で決めるの。決めるのは私！　いい？」

「何よ、急にその態度？　そのベネって、あんたの恋人がでっちあげたんじゃなかったっけ？　彼ならいいわけ？」

「でっちあげてなんかいないよ。そう呼ばれて、私が気に入ったの。それにね、恋人じゃないのよ！」

「じゃあ、何なの？　白人？」

心の底ではその答えは知りたくないため、マリア・プレッタはベネジッタの沈黙に気を留めない。ベネジッタがすぐにまたしつこく訊く。

「じゃあ、奥さまの指にあったのはカボションじゃないんだ？」

「何を言っているの！　あのルビーは、全体がカットされていたのを見なかった？　細かくカットされてたでしょ？　カボションの方はチェーンがついているの。奥さまは絶対にそれをしないし、金庫にしまうこともない。あれが、もうひとつのように本物かどうかは知りもしないけど、そのことはだれも一度も私に話してくれたことがない。まあ、ペットみたいなものかな、わからないけど。あるときね、ムニョスさまが亡くなって間もないころだったかね、それに気がついたんだけど、私はぜんぜん知らなくてね。ある日、ブラウ奥さまが血眼になって飛んできて、もうほとんど怒鳴り声で話しかけてきたことがあったんだよ。私のルビーのカボションはどこ？　どこ？　って。私は何のことだかさっぱりわからなくてね、唖然としちゃったよ。私はまた、だんな様が亡くなって気がおかしくなっちまったのかと思ったよ。でも、今度は私のほうが腹を立てる番でね、だってまるで悪者扱いなんだから。私もね、あんたと同じように、その言葉を知らなかったんだよ。本当だね、あのころはまだ学ぶべきことがたくさんあった、まだほとんど若い娘だったからね、だけど、家ではずいぶん任されていた。私は奥さまの目をきっと睨みつけて、よく私のじいちゃんやばあちゃんが言っていたことをそのまま言ってやったの。手が運んでないものは、家にあるはずです！　って」

「で、みつかったの？」

「うん、みつかった。当然だよ。帽子箱の奥のほうで、グラスビーズに混じってた」

「何それ？」

「ああ、知っていることを全部話そうと思ったら、十年あっても足りないわ。一生かかっても無理ね。だからそういう作法とか、お行儀なんかをあなたに教えたいってわけ、そういうものをね！　シキーニャ奥さまも言っておられたけど、そういうのも家宝なの、そういう教えがね。代々受け継がれていくものなのよ、母や父から子へとね」

「ふうん」

「バカ。そんな顔、するんじゃないの。さあ、ジッタ、早く。髪の毛がまだちゃんと乾いていないよ。ほら、タオルを貸しなさい。拭いてあげるから」

「ベネだってば」

「いいかげんにしなさい！」

「ヘンテコリンな名前だよね！」

「あんたの名前？」

「カボションよ」

「カボションは」と、あの日の午後、マルセウ・ジ・ソウザ・アルマンドはマリア・ブラウリアに話していた。「フランス語のカボションから来ている。カボッシュ（鋲釘）のように丸い形をしていることからつけられた名前で、つまり釘ね、頭の大きな釘だ」

このようにしてカボションのルビーに関する二回めの決定的なレッスンは始まった。

宝石商兼加工職人にとってフランス語は、ムニョス判事にとってのラテン語と同じくらいに重要だった。それがその職業の言葉で、それを使ってマリア・ブラウリアにはしょっちゅう宝石の話やそれにまつわるエピソードを話していた。一方、ソウザ家のポルトガルの系統では、テーマは宗教的風習や宗教的伝統などとつながりを持っていた。敬虔な姿勢を言うためにはいつもどこかのソウザが引き合いに出され、あるソウザは、不信心な人や単に無知な人だったら疑問に思うほどの教会の教えに対する厳格な遵守を正当化するために使われ、またほかのあるソウザは叙階してソウザ神父になった（この人は、マリア・ブラウリアが告解の相手として頑なに譲らなかった浅学な神父らと、何から何まで対極をなしていた）。あるソウザは、コインブラ大学で中世の神学を修めて博士になり、秘蹟の核心部分に疑義を唱えた、たとえば聖職者が婚約したときの結婚の秘蹟に関することや、実際は存在しなかったり教会法典で無効とされたりした結婚に関することだ（ときにマルセウ・アルマンドにラテン語の使用を強要したのはこのソウザで、そのほうが引用文の重要性をよく言いあてられたからなのだが、そういうとき、といってもそうめったにあることではなかったが、マリア・ブラウリアの中には大きな感動が呼び起こされた——まるで彼女の人生の終わりと始まりが結びつき、人生が円環となって、マルセウ・ジ・ソウザ・アルマンジが自分を青春の初めとムニョスの無関心な両腕に引き戻してくれるかのような錯覚に陥った)。それからおばあちゃんのソウザは、子どものころのマルセウに祝福を与え、彼女の祖父にあたるソウザのものだったお守りをくれたといい、もちろんサモウコの聖女さまも登場し、そのソウザは、死後、長きにわたってその墓を大勢の巡礼者が訪れ、もし地元の教区の司祭が言いがかりや姑息な政治手段によってその実践を妨害するという意地悪がなければ、間違いなくその風習はいまでも続いていると言った。すべては、その司祭がずっと目をつけていたライ麦畑とじゃがいも畑が原因だった。それらは二つのソウザ家の所有地だったのだ。

だが、時とともに（この時間の経過は、マルセウ・ジ・ソウザの存在がマリア・ブラウリアの中にすでに引き起こしていた絶大な喜びをさらに増強させた）、フランス側（宝石加工、金細工）とポルトガル側（宗教）が、マリア・ブラウリアに行なわれた詳細な説明の中で融合しはじめた、ミトラ（司教冠）にはめこまれた希少な宝石、司教の指輪、祭壇の装飾などに関する説明だ。彼女が天に思いを馳せると（その天を彼女は長きにわたり、一定の方法で週三回必ずお勤めのように授かった）、天はまるで聖櫃のように宝石がちりばめられて見えた。そしてカボションのルビーをそっと洋服の下に潜ませると（これを安心してできるようになったのはムニョスが亡くなってからだった）まさに胸にスカプラリオをつけたような気分になり、そのお守りが永遠に逆境や良心の呵責という針の筵《むしろ》から守ってくれるように思えた。だが、それも時とともに減り（というのも、そっと潜ませたルビーを愛撫するたびに、マルセルの慰撫の言葉が彼女の品行方正な心に巣くっていったからだ）、カボションのルビーが置かれた一帯には苦痛とは無縁のしびれや、独特の疼きが生まれ、それは少しずつ良心のとがめにとって代わっていった。

これらすべてから言えることは、生《ヴィーダ》がマリア・ブラウリアにとって母親以上の存在であったことだ。助言者や友人であるほかに、結婚生活のある特定の時期には探偵にすらなって、その後は……、まあ、取り持ち女とでも言えばいいのか、もしそれが彼女の過敏な神経を傷つけない言葉であればだが――先述したように進歩はしていたが――肌は常に敏感だった。要するに、生《ヴィーダ》は彼女にとって継母ではなかった。

それにムニョス判事は彼女に、誉れ高い未亡人の地位ばかりでなく、ライフスタイルそのものを遺した。

ただひとつだけムニョスによって引き起こされた胸の痞えで時間も解消できなかったものがあった。それはある日、彼によって指摘された似通い（まったく悪気がなかったことは彼女も認めていた）、家族ぐるみの友人である宝石商と、自らの名を歴史上の実に長い時代にわたり刻んだイギリスのヴィクトリアのあいだの、ほんのわずかとはいえ、しつこい似通いだ。町はずれのテラスハウスの三階で、宝石商が沐浴から髪を濡らしたまま出てきたときなど、彼女はぎくっとしながらも、その比較の的確さに改めて感心しないではいられなかった。彼は、一瞬彼女が身を引いたことにむっとして、警戒して横目で見る。するとと類似はそこで完成する。まるで遠隔操作された怨念、過去の奥底からムニョスがかけ、ほんの一瞬とはいえ、彼女の目の前で思いもかけず成就した呪い。それだけで彼女は、その日の午後は、もっとも親密で充足された喜びに浸って恍惚の極みに達することができなくなるのであった。

またこの胸の痞えは、ムニョスの元秘書に対してもいくらか残っていた。過去のすべてを忘れたわけではなかったのだ。いまでは秘書兼理学療法士を、甥兼秘書を通していたぶった（この場合の彼女の感情は、ムニョス判事の活動と同様に、人を介して伝わったわけだ）。とはいえ、ほんのわずかだ。ちょっと仕向けてやれば、しばらくは厚かましく宝石の話を持ち出して彼女を悩ませることもないだろう。もう二度と、彼女が生きているあいだは絶対に彼がその指輪を目にすることはないのだ。金庫に戻り、ずっとそのまま。厳重に施錠されて。彼の性格はわかっている。鬱に陥りやすく、疑り深い（もしかしたら消化不良のせいかもしれないが、それはもう注意したことがある）、だからきっと時間がたてば、自分が出した鑑定そのものを疑いはじめるはず。そして考えはじめ、考えて、考えて、考えて。それは彼女自身も事あるごとに言っている、考えなさい！　でも何をですか？　何、言ってるの、人生で成功することじゃない！　頭がおかしいゴキブリじゃあるまいし、考えるのは、同じ問題の周りをぐるぐる回りはじめるためじゃないでしょ。考えるときのあの子の状態といったら！　何とも言えない状態！（彼女は暗闇でくすっと笑う）哀れな子。いずれにしても、もらっている分を返してもらうためにも、私のステップにちゃんと合わせて踊り続けてもらわなきゃ。彼のためにも。まったく世話の焼ける子だ。

マリア・ブラウリアは寝返りを打ち、枕もとの明かりを灯し、ランプの下でカボションを眺める。人工の光だと、なにやらそれは膨み、彼女のしなびた肉体から離れていくように見える。明かりを消す。目の前にはまだ、ルビーの中のルチルの針が作り出した残像が浮かぶ。六角星が部屋を彷徨い、部屋を誘導すると、部屋は星の後を追って、道を外れることなく夜闇を進む。たどり着くのは過去の遠いところ、「マルセウの失踪」として知られる小島だ。

それはムニョスの死から何年もたってからの、海の向こう側でのこと、そう、もう何年も、何年も前のことだ。この世には多くを語られながら死ぬ者もいる、通夜、埋葬、初七日のミサ、その後は待ったなしの事務的な手続きがいくつも続くが（中には片づけるのがたいへん難しいものもあり、たとえばある人のために宝石のついたイヤリングを放棄したあのお馴染みの一件がそれだ）、ムニョス判事はこのケースだ。また単純に海の向こう側に消えてしまう者もいて、あまりに物的証拠が乏しすぎて「死」という言葉をあてるには不適切で、大仰に響いてしまう。そうなると、その人の思い出は一種のリンボに漂うことになる、「愉悦の小さな魂たち」が、かつて愉しみをともにした行方知らずの人と、再びそれを共有し、不安定なまま落ち着きなく過ごす場所。遊び戯れる小悪魔たちのジグザグ。

たしかに失踪したころのマリア・ブラウリアは、もうすでにある程度の覚悟ができていた――生《ヴイーダ》のおかげ。生《ヴイーダ》でなくて、ほかにだれのおかげだというのか？　というのも生《ヴイーダ》は、ゆっくりと流れるあの幸福な日々の中で、いつとは特定し難いある時点から、次第に「音量を下げ」はじめ、齢の厚い絨毯とカーテンで、彼女と家族ぐるみの友人が歩んでいた道を押し塞いでいったからで、この結果、二人の足音はほとんど聞こえなくなり、すべてが音量を下げ、準備体制に入り、とりわけ彼女、マリア・ブラウリアを「失踪」へと備えさせたのであった。

老いが二人に忍び寄る中で、マルセウ・ジ・ソウザ・アルマンドのムニョス未亡人に対する忠実な友情は（長年にわたってムニョス夫妻の家に足しげく通ったこともあって）いくらか慎重さを欠くようになっていた。少なくとも見かけはそう（あるいはほとんどそう）だった。そのころになると宝石商は、もうわざわざ遠いところを探してテラスハウスを次々と借りる手間をかけなくなっていたが（唯一中心街のサンタ・セシリアのものだけが最後まで残っていた）以前はそれらを町の両端にほんの短期間だけ借り、常に人の目をくらましていた――だが、いまさらだれの目をくらますというのか？

彼が旅立っていったのはそんなころだった。ほとんど引退し、マルセウの店も人手に渡っていたが、個人的な取引は続け、多くの場合、相手は新規の宝石店主だった。相変わらず毎年フランスへ出張し、ポルトガルへも必ず忘れずに立ち寄った。だが、サモウコの聖女さまは忘れられて、とっくの昔に彼の関心や話題から完全に引退し、その聖女とともにソウザ神父や中世の神学が専門のソウザ博士など、ほかの大勢のソウザも引退していた。だが老いた従姉とバカ息子が所有するライ麦畑とじゃがいも畑だけは常に存在し、マルセウはそれを忘れようとはしなかった。それらは実際にトラスウズモンテス地方のベイラ・アルタに存在していた（だがそのことをマリア・ブラウリアは知らなかった）。

ついにある日、マリア・ブラウリアのもとへ海外のマルセウから手紙が届き、短いが、しっかりとした内容の温かい手紙だった。そこにはこうあった。「最近の面白いニュースは次便で」。だが、その後に届いた手紙は、ごく簡潔にマルセウ・ジ・ソウザ・アルマンドの死を伝えるもので、それを送ったアルマンドの遺族は、そのことを直接知らせるべき相手として、判事の未亡人のほかごくわずかな人を選んでいた。なんでもパリ近郊にあるポルトガル料理のレストランで、グリーンワインをたくさん飲んでたら腹食べた後で気分が悪くなったのが発端で、レストランは「サモウコの聖女さま」、そこで行なわれた記念の夕食会で……(このあたりの情報は曖昧だった)。マリア・ブラウリアはその名前を見て震えた。サモウコの聖女さま? サモウコ? どうしてサモウコの聖女さまなの?――答えは永遠に得られなかったが、何よりもそれは彼女が一度もその質問を自分以外のだれにも向けなかったからだ。これも人生のこの局面でマリア・ブラウリアにはっきりと見られた唯一の臆病さだった。

宝石商兼加工職人の死を境に、マリア・ブラウリアの周りの人々は頻繁に宝石の相談をしに彼女のもとを訪れるようになった。そのたびに自信をつけ、それはその話題に留まらなかった。昔のマルセウの店に上得意客待遇を得て出入りしたが、なにも買わず、ただ出された新商品を通の目で品評するだけだった。訪問の最後はリキュール酒で閉められた。ほかにも得意客がいれば、必ずムニョス判事夫人として、ひじょうに丁重に紹介された。そして陳列ケースで輝くあまたの希少な宝石に囲まれながら、故人の素朴さと博識ぶりを口なめらかに語り、それと同様の口なめらかさで親戚のあいだでルビーについて語るのだった（当然そこでの主役は、まるで庶民に囲まれる由緒正しき王子さながらのピジョン・ブラッドのルビーだった）。

時とともに、ムニョスの性格とルビーの正体から成る小さな確信のストックは、毎々新しい確信へと展開し、どんどん、どんどんふくらんで、咲き終わることを知らぬバラの花のようになっていった。

こうして残っていた小心さや過敏さも少しずつ、袋の中のじゃがいものようにそれぞれの場所に落ちついていった。ソウザが畑をほのめかしたことは（物理的な意味ばかりでなく精神的にも）意味がないことではなかったのだ。なぜならいまこうしてマリア・ブラウリアが心穏やかでいられるのも、どれだけそのおかげかを忘れてはいけないからだ。

「ほら見てごらん」マルセウ・アルマンドが、その決定的なレッスンの中で言ったところだった。「ルビーの中にあるルチル針が、ぼくが約束したとおりこんなにきれいなスター《アステ》効果《リズム》を出しただろう？　どうだい？　きれいだろう？」「きれい、きれい！」と、マリア・ブラウリアは、この午後の幕切れに感激して繰り返していた。「さあ、これは君のもの、すべて君のものだ」、宝石商はチェーンを彼女の首にかけながらそう言い添えた（そこでその手は一瞬止まり、そっとルビーを判事夫人の胸に押しつけた）。そしてこうも言っていた。「ぼくたちの初めての本物の午後と、これからやってくる午後の思い出に」それからそれを愛でながら少し遠ざかると、いつもやるように首を少し傾げ、そのまま佇んだ。だらりとおろした両腕、やや緊張気味の、しかし優美な身体の前で組まれた手。そのまましばらく満足げにじっと立ち尽くす、まるでジュエリー・マルセウの新作コレクションの発表会が大成功をおさめ、毎年行っていたヨーロッパ出張から晴れて店主として戻り、集合写真をとるためにポーズをとるように。それから手は常に前で組んだまま意味ありげに、後にマリア・ブラウリアが「マルセウの金庫」とか「マルセウの秘所」、あるいは「マルセウのペンケース」として親しむようになる一帯を圧し始めた、まさにそこ、すぐその下からは、明るい色の麻のズボンをはいた二本のたくましい脚がわずかに開かれ伸びるその場所を――そして締めくくった――ここにしまってあるピースも君のもの。すべて君のもの、全部君のもの。

と、そのときあの言葉を、マリア・ブラウリアが聞いたこともないような声で発し、すぐに続けて、いつもムニョスが妻の向学のためにしていたように、それを翻訳したが、それはその午後、二度めで、そのときはもういつものユーモアが利いた教育的な口調になっていた。頭の大きな釘。

その前に原語でそれを発音したときには、母音を響かせすぎて上調子になり（まるで興奮した馬のいななきであった）、おそらくは感極まったせいであろう、途中でとぎれ、決定的な絶叫として発せられ、そうして贈り物のルビーに関するレッスンはそれを以て感動的に完了したのだった。

「カボッシュ！」

もうかなり遅い。あまたの首が転がった。いくつかは人生の外に、またいくつかは枕の上に。ムラノ・グラスの白鳥の首だけが屹立している。夜明けがやってくる。カーテンが開けられ、外から白んだ光が射し込み、居間へ下りてくる。ムラノ・グラスの白鳥に、肉と羽毛特有の柔らかさを添え、それと同時にそこに託されていた生《ヴィーダ》の見せかけを奪う。首をひねられ、一滴の血も残らない鶏肉ほどの蒼白さ。自然の掟と人間の風習との対峙に怯える。突っ立つ小さな死骸。

訳者あとがき

『家宝』は、ブラジルの作家ズウミーラ・ヒベイロ・タヴァーリスの代表作（Zulmira Ribeiro Tavares, *Joias de família*, 1990）で、一九九一年にブラジルで最高の文学賞と言われるジャブチ賞（小説部門）を受けている。

タヴァーリスは、一九三〇年にサンパウロ市で生まれ、初等教育は学校で受けたが、中等教育は通学せずに家庭で複数の個人教師のもとで修めている。一九五二年にサンパウロ美術館付設の映画学校で学び、シネマテッカ・ブラジレイラ（ブラジルの映画のアーカイブ機関）やサンパウロ大学大学院の芸術コミュニケーション研究科で映画の研究にあたった。一九五五年に詩集『十二月の野（*Campos de dezembro*）』を発表しているが、一九七四年に発表した『比較の言葉（*Termos de comparação*）』を以て経歴が始められることも少なくない。『比較の言葉』はサンパウロ芸術批評家協会（APCA）新人賞を受賞している。

一九八〇年代以降に本格的に作家活動を開始し、一九八五年、五五歳のときに発表した『司教の名前（*O nome do bispo*）』でメルセデスベンツ文学賞（一九八三―一九八六年の作品の中で最優秀作品に与えられた）を受賞した。そのほか『丸い目をした日本人（*O japonês de olhos redondos*）』（一九八二）、『マンドリル（*Mandril*）』（一九八八）、『小さなカフェ（*Café pequeno*）』（一九九五）、『四月の行列（*Cortejo de abril*）』（一九九八）、『ヴェズヴィオ（*Vesúvio*）』（二〇一一）を出版している。二〇一二年には既刊の『比較の言葉』、『丸い目をした日本人』、『マンドリル』に、書きおろしの「パウリスタおじさん（O Tio

Paulista)」、「地方（Região）」、「二つの鼻（Dois narizes）」を加えて『地方（*Região*）』を出版した。作品は詩が多く、遅咲きの作家であることもあって比較的寡作で、メディアにもあまり出ないため、流行作家のような知名度はない。だが、その文学の評価は文芸批評家や研究者のあいだで高く、知る人ぞ知る作家である。

タヴァーリスは、小説家というより詩人のほうに近いかもしれない。作品の多くがジャンルをまたがり、分類が困難なことでも知られ、先に挙げた作品のうち小説に分類されるのは『司教の名前』と『小さなカフェ』と『家宝』だけで、それ以外は詩か、散文詩とも短編とも分類しがたい小品やエッセーで構成されている。ちなみに『丸い目をした日本人』には、同名の短編が収められている。ある日曜日に二人の人物が昼食をとりながら交わす会話から成る話で、崩れた塀からのぞく隣の住人を見たひとりが、洗濯屋という職業や作り笑いなど、いくつかのステレオタイプから推測して日本人だと決めつける。実際はポーランド出身のチェンストホヴァという人なのに、思い込みは怖いもので、いったん信じ込んだら聞く耳を持たず、反証となりそうな特徴ですら、こじつけて自分の判断を正当化する材料となる。見られる側は評されるがままで、物語の中で一度も発言の機会を持たない。偏見と固定観念について考えさせられる一篇だ。

先述したように『家宝』には、一応小説という区分が与えられている。だが、小説というよりも散文詩と呼びたくなるようなくだりも見られ、たとえばマリア・ブラウリアの老いの形成過程が語られる個所やエピローグには、思わずぐいと引き込まれた読者も多いのではないか。またマリア・プレッタとベネジッタの会話部分のように、ほとんど対話で構成される、まるで戯曲のような章もある。あるいは戯曲形式とまではいかずとも、心中の思いを括弧に入れて挿入することで対話を担保したり（たとえばブラウリアと甥の宝石鑑定についてやりとりする場面）、思わせぶりな文の中断によって読者の反応を促したりするなど、複数の声を多様な形式で織り込んでいる場面もある。

このようにジャンルを超越することについて、タヴァーリスはある講演で次のように述べている。

短いテクストや長いテクストを書くことを通して私は、通常は詩と呼ぶものと、散文と呼ばれるもののあいだに透過性があることを発見しました。「短編」として知られている短い散文にも、同じように単にフィクションと名づけるものとは異なる独特の様態を私は見出します。とはいえフィクションという語は、知られているように（そして私もその意味で使いますが）詩ではない文学作品を無差別的に含みますが。ジャンル間のこの透過性を認識することも、先述したような区別をすることも、もちろん経験そのものから出てきたものなのですが、一般の文学を作る際に、ある程度精確に、それら透過性や区別を拡張することも可能だと思います。なぜなら読者もそうだと思いますが、私も常にその問題にぶち当たるからです。いつかあるジャーナリストから、『四月の行列』と『マンドリル』はジャンルに分けることに抵抗していると言われたことがあります。それに対して私は、挙げられたその二冊がジャンルによる分類に抵抗しているのか、あるいはジャンルのほうが、文学の書き物の自然な流れに抵抗しているのか、そのどちらなのか確信が持てないと考えました。（二〇〇一年五月二四日、於カーザ・フイ・バルボーザ。同機関刊行の以下の雑誌に掲載。*Vozes femininas – gênero, imediações e prática da escrita*, 2003）

さらに続けてタヴァーリスは、自分は「その境界を溶解したりにじませたりしようとはせず、その差異を相対化」することをめざしており、それを考えることは、文学の諸形式を生む共通の基底に着目するうえで有益だと述べる。そして曰く「その基底は声の複合体から成り、それが人間の行動を規定し、言語の素材になる。書き物を通して、人間の実践の複数性を伴った基底のなにかを表出すること、それは混淆として、ばらばらで、不協和的ではあるが、それが形式の可能性の実現、すなわち素材を暴くこと、生きている内容」なのであり、作家はそうやって、「世界との有効な出会い」を果たし、「その一部を成す」ようになるのだと。テクストが、陰に潜む主観性と社会の明確な地平のあいだで揺れるのはその結果だという。

これを読んだとき、私は思わず膝を打った。なぜならそれは、私が『家宝』を翻訳する際に痛感した困難に通じるものだったからだ。ひとつの単語やひとつの文を訳そうと思っても、『家宝』のテクストには、ほかの作品にも増して、複数の要素の主張が強く宿っているような印象を受けた。それらこそがテクストの基底にある複数の声なのだろう。しかもその複数の意味や内容は、ただ存在するだけでない。ときにそれらは、文という単位を無視して、勝手にどんどん変容していく。つまり同一の文なのに、始めと途中と終わりとでは、それぞれが含む意味や内容に微妙なずれが生じているように感じたのだ。そうした文と単語と意味の不協和音を、それそのままに訳出することは不可能で、いったい何度途方に暮れたことか。意味が複数、しかも動的に存在するとき、それを固定的なひとつに特定することは不可能で、かといって、ある特定の「なにか」に代表させて訳してしまうと、当然のことながら、それ以外の要素を捨象することになり、きわめて不完全なものしか再現できない。けっきょく文も単語も、言ってみれば、ジャンルと同じように「社会の明確な地平」を成す言葉の制度の一環にすぎないのだ。まさに『家宝』のテクストの翻訳は、陰にある主観性と社会の明確な地平のあいだの揺れとの葛藤の連続であった。

それを、語順がほぼ真逆にもなるほど構造がまったく異なり、語の成り立ちも文化や社会背景もはるかにかけ離れている言語に置き換えなければならないのだから、自らの無能をつきつけられることの繰り返しであった。けっきょくタヴァーリスの濃密で複合的なテクストをそのまま日本語に置き換えることは不可能で、不完全に甘んじなければならなかったことを告白しなければならない。

『家宝』は、主人公の老女マリア・ブラウリアが、「ヴィーダ（生）」の手ほどきを受けながら、「かたつむり」のような純真でうぶな娘から、「今日の快活で豪胆な老女」に変容していく姿を描いた小説である。その際に鍵となったのがピジョン・ブラッドのルビーで、その真贋に関わる謎をマリア・ブラウリアは、「ヴィーダ」の力を借りて解いていくのだが、その過程で、「自然の掟と人間の風習との対峙」にもまれながら、擬装がはびこる社会の実態も学んでいく。

『家宝』の登場人物はみな複数の顔を持つ。マリア・ブラウリアは社会の顔と天然の顔を持ち、ムニョス判事は夫と愛人の両方をこなす。ジュリアンも甥－兼－秘書だし、マルセウ・ジ・ソウザはムニョスの秘書－兼－愛人で、メイドのマリア・プレッタは家族でありながら非家族であり、ベネジッタはマリア・プレッタの妹の孫－兼－代子、みな張り合わせ石なのだ。

二つの顔を持つのは人物ばかりではない。『家宝』のルビーもそうだ。推理小説仕立てであることもあって、とかくムニョス判事のピジョン・ブラッドのルビーばかりに目が行きがちだが、もうひとつのルビー、すなわちマルセウのルビーとして登場するカボションのルビーも忘れてはいけない。この二つには大きな違いがある。ムニョス判事のルビーは偽物だが、マルセウのほうは本物であることだ。

マリア・ブラウリアはこのカボションのルビーを、レッスンの中でマルセウといっしょに作りあげた。このルビーには、マルセウがマリア・ブラウリアに説明したように、インクルージョンとしてルチルの針状結晶が混ざっており、それに光が当たると、屈折の具合で、石の頂点からアステリズムと呼ばれるスターがあらわれる。そのスター効果を最大限に引き出すのが、宝石をドーム型に研磨するカボションと呼ばれるカット方法だ。マリア・プレッタはそれを「赤いつるつるのかかと」に喩えたが、それはすなわち「スタールビー」である。マルセウはそれを、「これは君のもの」としてマリア・ブラウリアにプレゼントした。マリア・ブラウリアは、ムニョスから社会のレッスンを受けたとすれば、マルセウからは生のレッスンを受けたのだ。スタールビーが、円卓の中央に佇むムラノ・グラスの白鳥同様に、透明度に欠けるところも興味をそそる。

ルビーは古来より珍重され、その鮮やかな赤から「情熱」のイメージと結びつけられて、多くの人を魅了してきた。そしてそれだけにさまざまな偽造品も作られてきた。『家宝』では、ルビーのそうした特徴が最大限に活かされている。

＊

なお現在『家宝』は、コンパニーア・ジ・レトラス社から出ているが、底本としてはブラジリエンシ社から出版された初版を用い、必要に応じて、Frisch & Co. 社のキンドル版（ダニエル・ハーン訳）の英訳本を参照した。

『家宝』に出合ってからもうかれこれ十数年がたった。東京外国語大学に着任したばかりの頃に、当時本学で教鞭をとっておられたホナウジ・ポリット（Ronald Polito）客員准教授から紹介されて読み、私はいっぺんにこの作品に魅了されてしまった。一人の初心な若い娘が「ヴィーダ」に手ほどきを受けながら「女」になり、そして老いていく姿は、筋そのものにとりたてて目新しさはないかもしれない。だが、ズウミーラ・ヒベイロ・タヴァーリスのユーモアと独特な文致を通して描かれる人生の歓びと悲哀、そして社会の擬装性は、何度読んでも、人生のそれぞれの局面で真に迫るものがある。

すでに書いたように、この作品の翻訳にはひじょうに苦労した。幾重にも重なる、しかもダイナミックに展開していく意味内容を得心するためには、ポリット氏の協力が不可欠だった。いったいどれだけ質疑応答の対話を交わしたことだろう。ポリット氏の寛容な、しかも忍耐強い指導と助言がなければ、この翻訳は成し得なかった。すべてのご協力に心から感謝を申し上げる。

また本書の出版を可能にしてくださった水声社の方々、とりわけ後藤亨真氏、そしてそれ以外でも直接・間接的にこの翻訳に関わってくださったすべての方々にこの場を借りて深くお礼を申し上げる。

二〇一七年十一月

武田千香

著者／訳者について——

ズウミーラ・ヒベイロ・タヴァーリス（Zulmira Ribeiro Tavares）　一九三〇年、サンパウロ州サンパウロ市に生まれる。一九五二年にサンパウロ美術館付設の映画学校で学び、その後シネマテッカ・ブラジレイラやサンパウロ大学大学院芸術コミュニケーション研究科で映画研究にもあたる。主な著書に『比較の言葉』（*Termos de comparação*, 1974）、『司教の名前』（*O nome do bispo*, 1985）、『小さなカフェ』（*Café pequeno*, 1995）、『丸い目をした日本人』（*O japonês com olhos redondos*, 1982）などがある。一九九一年に本書で文学賞ジャブチ賞を受賞した。

武田千香（たけだちか）　神奈川県に生まれる。東京外国語大学大学院教授。博士（学術）。専攻、ブラジル文学・文化。主な著書に、『千鳥足の弁証法』（東京外国語大学出版会、二〇一三年）、『ブラジル人の処世術』（平凡社、二〇一四年）、主な訳書に、シコ・ブアルキ『ブダペスト』（白水社、二〇〇六年）、J・アマード『果てなき大地』（新潮社、一九九六年）、マシャード・ジ・アシス『ブラス・クーバスの死後の回想』（光文社、二〇一二年）、マシャード・ジ・アシス『ドン・カズムッホ』（光文社、二〇一四年）。ミウトン・ハトゥン『エルドラードの孤児』（水声社、二〇一七年）などがある。

装幀——宗利淳一

本書の出版にあたり、ブラジル文化省・国立図書館財団の助成金を受けた。

Obra publicada com o apoio do Ministério da Cultura do Brasil/Fundação Biblioteca Nacional.

MINISTÉRIO DA CULTURA
Fundação BIBLIOTECA NACIONAL

家宝

二〇一七年一二月二〇日第一版第一刷印刷　二〇一七年一二月三〇日第一版第一刷発行

著者―ズウミーラ・ヒベイロ・タヴァーリス

訳者―武田千香

発行者―鈴木宏

発行所―株式会社水声社

東京都文京区小石川二―七―五　郵便番号一一二―〇〇〇二

電話〇三―三八一八―六〇四〇　FAX〇三―三八一八―二四三七

［編集部］横浜市港北区新吉田東一―七七―一七　郵便番号二二三―〇〇五八

電話〇四五―七一七―五三五六　FAX〇四五―七一七―五三五七

郵便振替〇〇一八〇―四―六五四一〇〇

URL : http://www.suiseisha.net

印刷・製本―精興社

ISBN978-4-8010-0293-7

ブラジル現代文学コレクション

エルドラードの孤児　ミウトン・ハトゥン　武田千香訳　二〇〇〇円
老練な船乗りたち　ジョルジ・アマード　高橋都彦訳　三〇〇〇円
家宝　ズウミーラ・ヒベイロ・タヴァーリス　武田千香訳　一八〇〇円
最初の物語　ジョアン・ギマランイス・ホーザ　高橋都彦訳　次回配本
あけましておめでとう　フーベン・フォンセッカ　江口佳子訳
九つの夜　ベルナルド・カルヴァーリョ　宮入亮訳
ある在郷軍曹の半生　マヌエル・アントニオ・ジ・アルメイダ　高橋都彦訳
以下続刊

［価格税別］